風雲来たる

あっぱれ毬谷慎十郎㊃

坂岡 真

時代小説文庫

角川春樹事務所

目次

不忍池
弁天堂
丹波道場
（池之端無縁坂下）
湯島天神
浅草寺
吾妻橋
蔵前
神田川
神田明神
筋違御門
昌平橋
浅草御門
柳橋
回向院
両国橋
田安御門
江戸城
日本橋
新大橋
箱崎橋
大川（隅田川）
龍野藩上屋敷
（和田倉門外）
桜田御門
京橋
湊橋
深川
真福寺橋
鉄炮洲稲荷
虎之御門
汐留橋
龍野藩下屋敷
（芝口）
増上寺

毬谷慎十郎
道場破りの道

❶長沼道場（虎ノ門・江戸見坂）
直心影流

❷士学館（京橋・蜊河岸）★
鏡心明智流

❸直井道場（神田・お玉ヶ池）
柳剛流

❹玄武館（神田・お玉ヶ池）★
北辰一刀流。館長・千葉周作。

❺井上道場（下谷・車坂）
直心影流

❻池田道場（牛込・筑土八幡）
無敵流

❼伊庭道場（上野・御徒町）
心形刀流

❽中西道場（下谷・練塀小路）
中西派一刀流

❾鈴木道場（麴町・六番町）
無念流

❿鵜殿道場（神田・駿河台）
小野派一刀流

⓫練兵館（九段下・俎板橋）★
神道無念流。館長・斎藤弥九郎。

⓬男谷道場（本所・亀沢町）
直心影流総帥・男谷精一郎信友がいる。

★……江戸三大道場

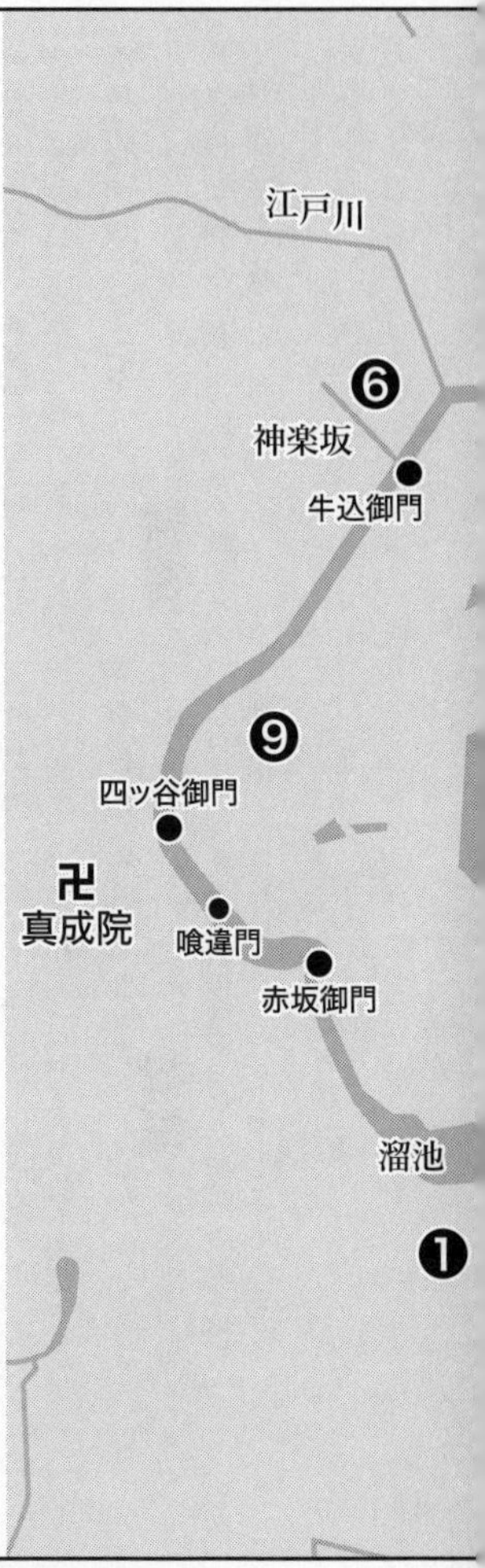

主な登場人物紹介

❖毬谷慎十郎《まりや・しんじゅうろう》

父に勘当され、播州龍野藩を飛び出し江戸へ出てきて道場破りを繰り返す。若さ溢れながらも剛毅で飾り気がなく、虎のような猛々しさを持つ男。

❖咲《さき》

双親を幼い頃に亡くし、祖父に育てられた。負けん気が強く、剣に長けている。神道無念流の館長・斎藤弥九郎に頼まれ出稽古に出るほどの腕前を持つ。

❖丹波一徹《たんば・いってつ》

丹波道場の主。かつて御三家の剣術指南役を務めたほどの剣客で、孫娘の咲に剣を教えた。今は隠居生活を送っている。

❖脇坂中務大輔安董《わきさか・なかつかさたいふ・やすただ》

幕政を与る江戸城本丸老中。播州龍野藩の藩主であり、世情の不安を取りのぞくべく陰で動いている。

❖赤松豪右衛門《あかまつ・ごうえもん》

龍野藩江戸家老。藩主安董の命を受け、慎十郎を陰の刺客として働かせようとしている。

❖静乃《しずの》

豪右衛門の孫娘。慎十郎に想いを寄せるが、彼の粗暴さゆえに祖父に反対され気持ちを閉ざした。

❖石動友之進《いするぎ・とものしん》

横目付。足軽の家に生まれながらも剣の技倆を認められ、江戸家老直属の用人に抜擢された。慎十郎とは、幼い頃より毬谷道場でしのぎを削った仲である。

風雲来たる

あっぱれ毬谷慎十郎〈四〉

本書は、ハルキ文庫（時代小説文庫）の書き下ろしです。

一偈《いちげ》の剣

一

天保《てんぽう》九（一八三八）年、霜月《しもつき》。

――日の本一の剣士になる。

大願成就のために為《な》すべきことは何か。

剣の師とたのむ丹波一徹《たんばいってつ》に問うてみると、毎朝、百八の稲荷《いなり》を経巡って祈りでも捧げてみりゃいいと笑われた。

江戸に住む連中も「伊勢屋《いせや》稲荷に犬の糞《くそ》」と自嘲《じちょう》するとおり、少し歩けば稲荷の祠《ほこら》はそこいらじゅうにある。慎十郎《しんじゅうろう》は一徹から冗談半分に告げられたことばを真に受け、稲荷詣《もう》でをやりはじめた。

百八とは煩悩の数である。食う寝る遊ぶといった一切の欲を断たねば一流の剣士にはなれぬとみずからを叱咤《しった》し、氷雨が降っても百八稲荷詣でをつづけている。

すでに、十日が経《た》った。

垢《あか》じみた着物を纏《まと》った六尺（約百八十二センチメートル）超えの大男が夜明けとともに市中へ繰りだし、森を彷徨《さまよ》う獣のごとく走りまわっている。初めてすがたを目にした者は悲鳴をあげ、一目散に逃げだした。今では町の名物となり、声を掛けてくる者もある。

「よっ、慎さん。やってるね」

名も知らぬ職人や嬶《かか》ぁまでもが気軽に声を掛けてくるので、いちいちこたえるのも面倒臭い。洟垂《はなた》れどもは歓声をあげながら尻にくっついてくるし、すっかり町の人気者になってしまった。

慎十郎は疲れを知らない。ぼさぼさの髪を突っ立て、頬《ほお》や顎《あご》に真っ黒な無精髭《ぶしょうひげ》を生やしている。そうはみえぬが、二十歳の若者なのだ。

見てくれは食いつめ者と区別できぬものの、腰にはたいそう立派な刀を差している。ご下賜の藤四郎吉光《とうしろうよしみつ》であった。御前試合で活躍した龍野《たつの》藩元剣術指南役の父が公方《くぼう》から頂戴《ちょうだい》した宝刀だ。これを餞別《せんべつ》代わりに拝借し、十月《とつき》前に播州《ばんしゅう》龍野の故郷から江戸へ出てきた。

勘当されたのだ。親でもないと言われた以上、おめおめと親元へ戻ることはできない。

十月のあいだ、いろいろあったが、過ぎてしまえば一瞬の出来事に感じる。ともあれ、今は煩悩を取りさることが先決だった。慎十郎は稲荷の祠をみつければ、本尊の狐《きつね》を仇《かたき》のように睨《にら》みつけ、一礼するとすぐに立ち去る。そうやって数日のあいだは、身を寄せる丹波道場のある無縁坂《むえんざか》から池之端《いけのはた》、下谷広小路《したやひろこうじ》のあたりを走りまわっていたが、徐々に縄張りをひろげ、近頃では神田川を渡って日本橋一帯へも顔を出すようになった。

通行人は武士も町人も慌てて逃げだし、大八車や荷馬も道を譲ってくれた。

今朝は薄曇りの寒天下、魚河岸を越えて蛎殻町《かきがらちょう》まで足を運んでいる。

「ほう、立派な祠があるではないか」

脇に流れる堀川の名も稲荷堀《とうかんぼり》と称し、堀川を挟んだ向こうには姫路藩を統治する酒《さか》井《い》家の中屋敷が堂々と建っていた。

さっそく朱の鳥居を潜《くぐ》って稲荷に詣で、一礼するやいなや往来へ取って返す。

――むぎゅっ。

糞《くそ》を踏んづけた。

犬の糞ではなく、大きな馬の糞だ。
臭《くさ》いは臭い。だが、我慢できぬほどでもない。
田舎育ちゆえ、肥溜《こえだ》めの臭さには慣れている。
顔を持ちあげると、道場の看板が目に飛びこんできた。
——無外流辻《むがいりゅうつじ》道場　一偈《いちげ》を得んと欲する者は参ぜよ
とある。
金釘《かなくぎ》流だが、味のある筆跡だ。
もしや、無外流を創始した辻月丹縁《つじげったんゆかり》の道場ではあるまいか。
「ならば、見逃せぬな」
嬉々《きき》として叫び、大股《おおまた》で門に近づいた。
看板とみれば外したくなるのは悪い癖だ。
一徹に「やめておけ」と窘《たしな》められても、道場破りだけはやめられない。
「袴《はかま》の損料代でも稼ぐか」
太い腕をにゅっと伸ばし、細長い看板をいとも簡単に外す。
そして小脇に抱え、のっそり門を潜った。
「えい、たあ」

道場からは門弟たちの潑剌《はつらつ》とした掛け声が聞こえてくる。

糞のついた草履の足で土間に踏みこみ、慎十郎は天井が震えるほどの大声を張りあげた。

「たのもう、一手指南を所望いたす」

しんと、道場内が静まった。

門弟たちに注目されるなか、慎十郎は抱えた看板をとんと土間に置いてみせる。

「うげっ」

きょとんとした門弟たちの目つきが変わった。

「こやつめ、道場荒しか」

竹刀や木刀を手にした連中が、どやどやと駆けつけてくる。

「うっぷ、肥臭いぞ」

汗臭い連中が鼻を摘まみ、敵意の籠《こ》もった眸子《まなこ》で睨みつけた。

慎十郎が倍の眼力で睨みかえすと、相手は驚いて一歩退《さ》がる。

「師範代を呼べ、坪井《つぼい》さま」

「おう、ここにおるわ」

門弟たちが左右に分かれると、奥のほうから横幅のある三十男がやってきた。

「師範代の坪井段兵衛《だんべえ》じゃ。由緒ある辻道場の看板を穢《けが》すとはたいした度胸よのう」

慎十郎は、ずいと身を乗りだす。

「ひとつお尋ねしたい。ここは辻月丹に縁ある道場でござろうか」

「関《かか》わりがあるとなれば、どういたす」

「はなしのたねにいたします」

「ふふ、残念だったな。関わりなど一切無いわ」

「にもかかわらず、流祖の姓を名乗るとは、何やら胡散臭《うさんくさ》うござるな」

慎十郎は不服そうに応じ、看板を壁に立てかける。

ついでに腰の吉光を鞘《さや》ごと抜き、同じく壁に立てかけた。

糞のついた草履を脱ぎ、大きな足で床を踏みつける。

さっそく、門弟のひとりが竹刀を携えてきた。

「挑む方、これをお使いくだされ」

「おう、かたじけ茄子《なすび》」

おぼえたての駄洒落《だじゃれ》を吐き、三尺八寸（約百十五センチメートル）の竹刀をむんずと摑《つか》むや、師範代の待つ中央へ向かう。

正面の神棚に向かって一礼したあとは、双方たがいに睨みあった。

坪井は青眼に構え、口端を吊《つ》りあげる。

「素面素《すめんす》小手《ごて》でよいのか」

「無論にござる」

「修めた流派は」

「雖《せ》井《い》蛙《あ》流にござ候」

「ほほう、雖井蛙流と申せば井の中の蛙《かわず》が用いる剣、あらゆる流派の返し技のみを会得する邪道の剣ではないか」

「裏を返せば、あらゆる流派に精通しているとも申せましょう」

「ふん、邪道は所詮《しょせん》、邪道にすぎぬわ」

「されば、おためしを。ぬりゃ……っ」

腹の底から気合いを発し、慎十郎は竹刀を構える。

「……そ、その構えは」

坪井はうろたえた。

慎十郎は、にたりと笑う。

「さよう、獅子《しし》王剣《おうけん》の構えなり」

無外流の秘太刀にほかならぬ。

「さあ、さあさあ」

爪先《つまさき》を躙《にじ》りよせ、慎十郎は気攻めに攻めた。

凄《すさ》まじい剣気に呑《の》まれ、坪井の額に汗が滲《にじ》んでくる。

「まいる」

慎十郎は吐きすてるや、だんと床を踏みつけた。

道場全体に激震が走る。

――ばしっ。

刹那《せつな》、竹刀のぶつかる乾いた音が響いた。

横風に薙《な》ぎたおされた立木のごとく、坪井の身が吹っ飛ぶ。

「うへっ」

門弟たちは息を呑んだ。

弾かれた竹刀は天井に当たり、俯《うつぶ》した坪井は白目を剝《む》いている。

勝負は一瞬、一撃で決した。

「まあ、わかっておったがな」

慎十郎は悠揚《ゆうよう》と発し、踵《きびす》を返す。

すたすた歩き、土間に飛びおりた。

看板を小脇に抱えても、阻もうとする者はない。

門弟たちはみな、阿呆面《あほうづら》で見送るしかなかった。

「姓は毬谷《まりや》、名は慎十郎。逃げも隠れもせぬ。看板を返してほしくば、どなたか、不忍池《しのばずのいけ》無縁坂の丹波道場を訪ねてまいられよ。暮れ六つ（午後六時頃）の鐘が鳴るまでは待つ。待っても来なければ、看板が今宵《こよい》の薪《たきぎ》になるやもしれぬ」

これだけ脅しておけば、道場主に命じられた誰かが金子を抱え、看板を取りもどしにくるはずだ。そのときは素直に返してやればよい。

手並みが鮮やかすぎたせいか、門弟たちからは歯軋《はぎし》りひとつ聞こえてこない。

みな、悪夢のつづきでもみているようだった。

「……一法実《いっぽうじつ》に外無《ほかな》し、乾坤一貞《けんこんいってい》を得《う》、吹毛《すいもう》まさに密《みつ》に納《おさ》め、動着《どうちゃく》すればすなわち光《ひかり》清《きよ》し」

慎十郎は禅僧のごとく、無外流命名のもとになった石潭和尚《せきたんおしょう》の偈を口ずさむ。

進むべき真実の道はただひとつ、不動心にて探求すべきものなり。吹きつけた毛も切れるほど鋭い刃はおのれの心に潜み、わずかでも動けば燦爛《さんらん》と光彩を放つものなり。

わかったようでわからぬ禅の教えを諳《そら》んじることができるのは、厳格な父にみずからを律すべき心のありようを嫌というほど叩《たた》きこまれてきたからだ。

「くだらぬ。おれはただ、強くなりたい。誰よりも強くあれ、喝《かあ》……っ」

慎十郎は眸子を瞠《みは》って獅子吼《ししく》し、道場に背を向けるや、颯爽《さっそう》と門の外へ躍りでた。

二

道三堀沿い、龍野藩五万一千石の上屋敷。

床の間には貂《てん》の皮でつくった脇坂《わきさか》家伝来の陣羽織が飾られている。

大悪党の黒天狗《くろてんぐ》党を退治した褒美にと、藩主安董《やすただ》みずから毬谷慎十郎に下賜したはずのものだ。天狗退治にあたって貸しあたえた愛馬の黒鹿毛《くろかげ》ともども、さきごろ、何故《なぜ》か戻されてきた。参勤交代の際に必要であろうとの理由らしい。

「あやつめ」

小面《こづら》憎《にく》い若造だが、嫌いではない。

むしろ、蛮勇を好む安董が理想に描く若武者ではあった。

軍神と崇《あが》める先祖は「賤ヶ岳《しずがたけ》七本槍《やり》」のひとりとして名高い脇坂甚内安治《じんないやすはる》、その剛《ごう》毅《き》さと反骨魂はこの身にも脈々と受けつがれている。と、自負していたのだが、若いころの自分を鑑《かんが》みれば、放埒《ほうらつ》さでは慎十郎にかなわぬかもしれぬ。

安董は弁舌爽《さわ》やかで見目もよく、弱冠二十四歳で寺社奉行に抜擢《ばってき》された。色坊主と大奥女中らの淫行《いんこう》を摘発した谷中延命院《やなかえんめいいん》の仕置きは三十六歳の出来事、悪名高い住職の日道《にちどう》を捕らえて獄門台に送り、大奥にも厳正な処分を下し、巷間《こうかん》では名奉行と謳《うた》われた。

類《たぐ》い希《まれ》なる清廉さがよほど公方の家斉《いえなり》に好かれたのか、二十二年も寺社奉行を務め、いちど身を退《ひ》いてからも十六年後に再登用されることとなった。そして、但馬国出石《たじまのくにいずし》藩仙石《せんごく》家のお家騒動を見事に裁き、一方に肩入れした時の老中首座松平康任《まつだいらやすとう》を失脚に追いこんだ。そのときの功績を高く評価され、一昨年の春、西ノ丸老中に昇進し、次期将軍と目される家祥《いえさち》の後見役も任され、昨秋からは古希を超えたにもかかわらず、本丸老中の座に就いている。

誰もが羨《うらや》むような華々しい人生だが、すべては大名であるからこそ成し遂げられたことにすぎない。

地位や立場の枠組みを外したとき、はたして、自分に何ができたのか。

少なくとも、慎十郎のような勝手気儘《きまま》な生き方はできなかったにちがいない。

「馬廻《うままわ》り役に抜擢すると命じても、それにはおよばぬと、あやつは拒んでみせた」

自分には夢がある。日の本一の剣士になるという夢を達成するには、小禄《しょうろく》を貰《もら》って安穏と時を過ごす余裕はない。

「ふふ、よう言うてくれたわ、無礼者め」

江戸家老の赤松豪右衛門《あかまつごうえもん》によれば、慎十郎は番士として龍野の城下にあったころから素行芳しからず、酒に酔っては城の大手門前で素っ裸になり、歌って踊って莫迦騒《ばかさわ》ぎをやらかしていたという。それも二度や三度ではなく、ついに謹慎の沙汰《さた》が下ったにもかかわらず、家から抜けだし、呑み代を稼ぐために畿内《きない》一円を経巡って道場破りを敢行した。

しかも、家に戻って早々、父の慎兵衛《しんべえ》から勘当を申しわたされ、身ひとつで家を飛びだす際に、宝刀の藤四郎吉光を盗んでいった。みつけ次第、成敗してほしいとの嘆願が慎兵衛より出されていると聞き、益々、安董は慎十郎のことが気に入った。

気に入った逸話は、ほかにもある。

豪右衛門が溺愛《できあい》している孫娘、静乃《しずの》に関わることだ。静乃は「芍薬《しゃくやく》の花」に喩《たと》えられるほど美しい娘で、十三のときにひと春を龍野で過ごした。侍女と花摘みに出掛けた裏山で山賊どもに追われ、捕まりかけたところを慎十郎に救われたのだ。

おもしろいのは後日談で、豪右衛門は慎十郎を屋敷に呼びよせ、褒美を取らせようとした。「褒美なぞいらぬ」と抜かしたので、体面が立たぬゆえ何でも好きなものを所望せよと鷹揚《おうよう》に問うたところ、慎十郎は臆面《おくめん》もなく「姫をくれ」と言ったらしい。豪右衛門は我を忘れ、腰の刀に手を掛けた。「無礼者、身のほどをわきまえよ」と一喝したにもかかわらず、慎十郎は豪胆にも大笑しながら去っていったというのだ。

「くふふ、世間の間尺では計れぬやつじゃ」

身のほどをわきまえぬところが、痛快このうえない。

地位や身分の縛りを受けぬからこそ、相手が大奥を牛耳るお偉方であろうと、幕閣の重臣であろうと、悪党とみれば容赦なく斬《き》ってすてることができるのだ。

制御の効かぬ慎十郎を眺めていると、安董は心の底から羨ましくなった。

あのようにぎらついた野獣のごとき獰猛《どうもう》さが自分にも欲しい。いや、欲しかった。

胴丸に輪違紋《わちがい》の描かれた甲冑《かっちゅう》を纏って黒鹿毛にまたがり、播州平野を何処《どこ》までも自在に駆けめぐる。

それこそがわしの描いた夢であったやもしれぬと、安董は強くおもうのだ。

「ふっ、夢のまた夢か」

脇息《きょうそく》にもたれ、墨で染めた太い眉《まゆ》を寄せる。

もちろん、今は夢想に耽《ふけ》っているときではない。

日本全国で百姓一揆や打ち毀《こわ》しが頻発している。元大坂《おおざか》町奉行所与力の大塩平八郎《おおしおへいはちろう》が窮民救済を訴えて蜂起《ほうき》したのは、一年と十月前のことだ。天満《てんま》一円を焼け野原にした叛乱《はんらん》は半日で鎮圧されたものの、元役人が暴徒を率いて幕府に反旗を翻した前代未聞の出来事は幕閣に動揺をもたらし、家斉に隠居を決意させるきっかけともなった。遅きに過ぎる隠居ではあったが、在位五十年におよんだ家斉に代わり、不惑を過ぎた家慶《いえよし》が新将軍となった。

新将軍を盛りたてるべく、老体に鞭《むち》打って忠勤に励む所存ではいるものの、大御所となって絶大な権力を保持する家斉の取りまきは性悪で欲深い者ばかりだ。とりわけ側室のお美代《みよ》の方と養父の碩翁《せきおう》から、安董は煙たがられていた。

気性の激しいお美代の方などは「毒をもってくりょう」と側近に言ったとか言わぬとか、そのような禍々《まがまが》しい噂《うわさ》も聞こえてくる。

「まだ死ねぬか」

ぽつりと、安董はつぶやいた。

かたわらの折敷《おしき》を引きよせ、皿に盛られた小枝のような菓子を摘まむ。

かりっと、音をたてて食べた。

「甘い」

かりんとうである。

姫路藩御用達《ごようたし》の『伊勢屋《いせや》』から供された。

藩主の酒井忠学《ただのり》と家斉の二十五女喜代《きよ》姫が婚礼するにあたって、伊勢屋は「玉椿《たまつばき》」なる銘菓を考案した。白小豆《しろしょうず》を使った黄身餡《あん》が薄紅色の求肥《ぎゅうひ》に包まれた代物で、餡子嫌いの家慶でさえも「玉椿」には目がない。そのときからの縁で、折に触れては菓子を献上してくる。

おかげで、安董は辛党から甘党になった。

かりんとうに掛けるわけではないが、近頃の仕置きもずいぶんと手ぬるくなったような気がする。

「食べだすときりがない、困ったものよ」

手を伸ばしてまたひとつ口に運び、かりっと囓《かじ》る。

そこへ、頭に雪をかぶったような老臣があらわれた。

江戸家老の赤松豪右衛門である。

「おう、豪か」

「はっ、お匙《さじ》の煎《せん》じた強壮薬をお持ちしました。何でも、大御所さまもご服用なさっておいでの、膃《おっ》肭《と》臍《せい》のなにを擂《す》りつぶしたものがはいっておるとか」

「ふん、おぬしが呑め」

「拙者は無用にござります。日々、鍛錬を欠かしませぬゆえ」

なるほど、豪右衛門は鎖帷子《くさりかたびら》を着込んで駆け駕籠《かご》に随行し、先頭に立って馬廻り衆を率いることもある。古希を過ぎても頑健そのもので、家中の者たちからの信頼も厚い。

「殿、かりんとうは歯に悪うござりますぞ」

「皮肉か、わしは入れ歯じゃぞ」

「たしかに、仰せのとおり」

「たわけめ」

安董は白湯《さゆ》を口にふくみ、煎じ薬を呑みほした。

「苦いのう」

「お顔の色が優れませぬな。お風邪でも召されましたか」

豪右衛門が心配げに膝《ひざ》を寄せてくるので、安董は眠そうな目を向けた。

「案ずるな。この数十年、風邪などひいておらぬわ。さすがのわしも寄る年波には勝てぬということじゃ」

「何と弱気な。殿らしゅうもない」

「おぬしとて同じこと。隠居しても悲しむ者とておるまい」

「およよ、つれないことを仰《おっしゃ》る。隠居するときは死ぬときと、かように仰せになったのをお忘れでございますか」

「忘れた。今朝食うた膳《ぜん》の献立も、ようおぼえておらぬ。かような惚《ぼ》け頭では幕政どころか、藩政の舵取《かじと》りもできぬわい」

「ご冗談を。殿は幕閣の要、飛ぶ鳥を落とす勢いの水野越前守《みずのえちぜんのかみ》さまとて、殿のご意見を聞かずして大事の決定はならぬと公言なさったではございませぬか。上様からも頼りにされるのは、ひとえに殿のご人徳によるもの」

『徳川の重石』とのありがたいおことばを頂戴いたしました。どなたさまからも頼り
「わかったわかった。おぬしとつきあっておると、日が暮れてしまうわ」

安董は折敷に手を伸ばしかけ、ふと、おもいとどまる。

「そう言えば、あれはどうなっておる」

「あれにございますか」

「さよう、あれじゃ」

「どのあれにございましょう」

首を捻《ひね》る豪右衛門にたいし、安董は顎をしゃくる。

「霜月恒例のほれ」

「播州十藩対抗戦にござりまするか」

「それじゃ」

安董はほっと溜息《ためいき》を吐《つ》き、かりんとうを摘まんで口に放《ほう》る。

「今年は鶏声ヶ窪《けいせいがくぼ》の姫路藩下屋敷で催されるのであろう」

「いかにも、各藩とも準備万端に整えておるようにござります。何せ、藩の威信を賭《か》けた御前試合にござりますからな」

「組み合わせ表はできたのか」

「差配役め、なかなかよい籤《くじ》を引きあてましたぞ」

「お、そうか。近う寄れ」

安董は豪右衛門を差し招き、折敷のかりんとうをすすめる。

「して、一戦目の相手は」

「三日月《みかづき》藩森《もり》家の梁川翔馬《やながわしょうま》、天心《てんしん》流の練達と聞きましてござります」

豪右衛門は喋《しゃべ》りながら、かりんとうを囓る。

安董は焦《じ》れたように、さきを促した。

「その梁川に勝てば、つぎの相手は」

「赤穂《あこう》、林田《はやしだ》、明石《あかし》の三藩から勝ちあがってきた者にござります」

「ほっ、姫路は向こうの山になったか」

「ご安心なされませ。決勝までは当たりませぬ」

「それで」

「おそらく、三藩のなかから二戦目に勝ちあがってくるのは明石藩松平家、高島周作《たかしましゅうさく》にござりましょう」

「田宮《たみや》流の高島か、居合抜きの名人であったな」

「はい、播州ではその武名を知らぬ者とてありませぬ」

「高島に勝てば、いよいよ頂点を決める相手じゃな」

「例年どおりにござりましょう」

「姫路藩酒井家、無外流の尾形左門《おがたさもん》か」

「いかにも。尾形にはここ数年、辛酸を嘗《な》めさせられておりまする」

「たしか、名門の出であったな」

「勝手掛を担う次席家老の長男にござります」

「どうりで、ふてぶてしい面構えであったわ。今年こそは尾形左門に勝ち、姫路の連中を見返してやらねばなるまい。して、わがほうからは誰を出す」

豪右衛門は詰めよられて襟を正す。

「手前配下の石動友之進《いするぎとものしん》を出そうかと」

途端に、安董は怒鳴りつけた。

「莫迦を申すな、昨年と同じではないか」

「たしかに、昨年は尾形に完敗いたしました。されど、石動は口惜《くちお》しさを糧に変えて、血の滲むような鍛錬を重ねてまいりました」

「要は資質じゃ。酷なようじゃが、資質のない者がいくら鍛錬を積んでも行きつく先はみえておる。だいいち、石動は一度負けたのじゃぞ。真剣であれば、生きておらぬであろうが。二年つづけて同じ轍《てつ》を踏めば、武門で鳴らす脇坂家の面目は地に堕《お》ちよう。豪よ、たかが播州の剣術試合じゃとおもうてはおるまいな。幕閣の面々のみならず、上様も注視なさっておるのじゃぞ」

「承知しておりまする。赤松豪右衛門、まんがいちにも石動が頂点に立てぬときは皺《しわ》腹《ばら》を掻《か》っ切る覚悟にござります」

「莫迦め、皺腹を切るまえに策を考えよ」

豪右衛門は、がばっと両手をついた。

「殿、石動友之進に名誉挽回《ばんかい》の機会を与えていただけませぬか。今のところ、わが藩に石動を超える者はおりませぬ」

「毬谷三兄弟がおるではないか」

「へっ」

「へではない。龍野の毬谷三兄弟と申せば、武名は播州どころか、全国津々浦々まで轟《とどろ》いておろう」

「はあ」

口ごもって俯《うつむ》く豪右衛門を、安董は顔を横にして覗《のぞ》きこむ。

「長男はたしか、御番組頭《ごばんぐみがしら》に就いておったな」

「はい。長男の慎八郎《しんぱちろう》は生一本の忠義者で、寡黙の剣を使います」

「何故、国許《くにもと》から呼びよせぬ」

「聞くところによりますれば、疝気《せんき》を患っておるとか。火鉢で睾丸《きんたま》を炙《あぶ》らねば歩けぬほどの腑《ふ》抜《ぬ》けぶりにござります」

「されば、次男はどうした」

「慎九郎《しんくろう》にござりますか」

豪右衛門は、いっそう顔をしかめた。

次男の慎九郎はあらゆる剣技に精通し、父の慎兵衛をもしのぐ練達と評されている。ところが放浪の癖があり、一度廻国《かいこく》修行に出てしまうと糸の切れた凧《たこ》のようになった。

「じつは一年前に龍野を出たきり、音信不通になっております。藩に籍を置く身でありながら、まことに怪しからぬはなしで」

「詮方《せんかた》あるまい、されば」

と、安董が言いかけるや、豪右衛門はひらりと片手をあげて遮った。

「殿、なりませぬ。三男の慎十郎だけはおやめくだされ」

「何故じゃ」

「木刀を振れば肩を外し、大口をあけて嗤《わら》えば顎を外す。ただの阿呆にござります」

「ただの阿呆に黒天狗を成敗できるか。兄弟のなかでも図抜けた資質を備えておると申したは、おぬしじゃぞ」

「されど、みずから藩を捨てた大たわけにござります。拙者に言わせれば、傍若無人で礼儀知らずの荒くれ者にすぎず、わが藩に益をもたらすとはおもえませぬ」

「あやつは野に放たれた虎《とら》じゃ。勝つことに飢えておる。明石の高島や姫路の尾形を叩きつぶすためには、群を抜いて強い者を差しむけねばならぬであろうが。何故、おぬしは慎十郎を拒むのじゃ。あやつが嫌いなのか」

豪右衛門は眸子を剝いた。

「好き嫌いではござりませぬ」

「されば、何故じゃ」

「何故と言われても」

「もしや、あやつが恐いのか。おぬし、目に入れても痛くない孫娘を奪われるのが恐いのであろう」

図星をさされ、豪右衛門は涙ぐむ。

「殿、どうか、どうか、毬谷慎十郎だけはご勘弁を」

「いいや、ならぬ。これはわしの命じゃ。慎十郎をすみやかに捜しだし、適当な役に就けよ。首に縄をつけてでも、鶏声ヶ窪に連れてくるのじゃ」

「へへえ」

豪右衛門は畳に額を擦《こす》りつけながらも、心の底から困りはてていた。

三

茜雲《あかねぐも》の隙間《すきま》から、夕陽《ゆうひ》が射《さ》しこんでいる。

無縁坂下、丹波道場からは味噌汁《みそしる》の香ばしい匂《にお》いが漂ってきた。

冠木門《かぶきもん》を潜ったさきには玄関があり、表の壁には細長い看板がずらりと並んでいる。

いずれも、慎十郎が何処かの町道場から引っぺがしてきたものだ。

「くく、懲りぬやつじゃ」

夕陽を浴びた看板を眺め、丹波一徹は楽しげにつぶやいた。

白い蓬髪《ほうはつ》を靡《なび》かせた外見からして、疾《と》うに古希は過ぎている。

樫《かし》の杖《つえ》で身を支えているものの、打ちこむ隙は一分も見出《みいだ》せない。

「お祖父《じじ》さま」

玄関の内から、咲《さき》が顔を出す。

髪を若衆髷《まげ》に結い、凜々《りり》しい男装に身を包んでいるものの、色白の美しい面立ちは隠せない。

「夕餉《ゆうげ》のおつけは、千六本にござります」

発する声もすばらしく、一徹の耳には大瑠璃《おおるり》の鳴き声にも聞こえた。

耳を澄ませば、なるほど、奥の厨《くりや》で大根を刻む音がしている。

――とんとんとん、とんとんとん。

厨は慎十郎の晴れ舞台でもあった。

「あやつめ、刀より包丁の使い方のほうが上手《うま》いのう」

魚も上手におろすし、煮染めの味付けも玄人はだしだ。

少なくとも咲よりは数段上なので、一徹としても重宝していた。

当初は咲も口惜しげにしていたが、今ではすっかり慎十郎に厨を任せている。そのほうが稽古《けいこ》にも打ちこめるし、出稽古に行って心付けをより多く頂戴することもできると強がりを言いつつも、やはり、どことなく後ろめたさを感じているようではあった。

慎十郎は気が向けば買い出しもやる。一徹と咲に頼りにされることが嬉《うれ》しいらしく、張りきっている様子は手に取るようにわかった。

「魚はこのしろ、山梔子《くちなし》の実を潰《つぶ》して粟《あわ》漬《づ》けにするそうです。お祖父さまのお好きな餡かけ豆腐と衣被《きぬかつ》ぎもちゃんとござりますよ」

「ふふ、それは楽しみだわい」

一徹はにんまりし、口に溜《た》まった唾《つば》を呑みこむ。

咲が日和下駄《ひよりげた》をつっかけ、そばまでやってきた。

「それにしても、困ったものですね」

ずらりと並んだ看板をみつめ、溜息を吐く。

いくら窘めても、これだけは止《や》めようとしない。

剣の道に一途な咲にしてみれば、金子めあての道場荒しなどもってのほかだった。

それゆえ、名だたる道場を総なめにしたと豪語する慎十郎に鉄槌《てっつい》を下してやったのだ。鼻息も荒く九段下《くだんした》の練兵館《れんぺいかん》にあらわれたとき、館長の斎藤弥九郎《さいとうやくろう》に許しを貰《もら》って立ちあった。

咲は誰もが実力をみとめる丹石流の手練、たかが女にすぎぬと油断した慎十郎に勝ち目はなかった。

柄砕《つかくだ》きの一撃で鼻の骨を折ってやったのだ。

それは慎十郎が江戸へ出てきて初めて完敗を喫した瞬間でもあった。

尻尾《しっぽ》をみせて逃げだすとおもいきや、鬱陶《うっとう》しい田舎侍は丹波道場に押しかけ、門弟にしてほしいと懇願した。いくら拒んでも持ち前の粘り腰で日参し、馬小屋で寝起きしながら道場の雑巾掛けやら何やら、雑用をやりつづけた。そうやってまずは一徹を味方につけ、やがて、頑なに拒んでいた咲の心をもひらかせた。

慎十郎には人を惹《ひ》きつける何かがある。大酒呑みで涙もろく、相手が強いとみれば後先考えずに牙《きば》を剝く。自分の力を制御できず、気合いを入れすぎて道場の床を踏みぬいたことも一度や二度ではない。咲からみれば始末に負えぬほどの阿呆で無骨な無礼者だが、人並み外れた豪快さは人を惹きつけて離さない。

素直で優しいところもある。慎十郎が莫迦をやらかすたびに口論となり、こちらで追いだしたり、自分から出ていったりしたこともあった。そのたびに咲は淋《さび》しい気持ちになったが、慎十郎はあきらめたころにかならず戻ってきては、殊勝な顔で許しを請うた。「何でもするから置いてほしい」と泣き顔で頼まれると、うっかり情にほだされてしまう。

近頃では気が向けば、稽古もつけてやるようになった。

一徹も指摘するとおり、慎十郎の剣は荒々しくみえてじつは繊細で、精神の統一をはかれば向かうところ敵無しと言うべきものだ。ただし、常に勝ちを急ぐので、じっくり構えて後の先を狙う相手に弱い。

柳のごとき柔軟さを身につけた咲には、慎十郎の弱点が手に取るようにわかった。が、いつまで優位を保っていられるかはわからない。

慎十郎は、めきめきと腕をあげているからだ。

一方、一徹は咲と慎十郎がおたがいに高めあいながら成長していく過程に目を細めている。

それに、咲は何やら、ずいぶん娘らしゅうなったなと感じていた。

道場に戻っていく孫娘の後ろ姿を目で追いつつ、淋しさとも安堵《あんど》ともつかぬ溜息を吐く。

亡くなった両親の代わりに慈しんできたつもりだが、男勝りの剣士に育ててしまったことに一抹の後悔を抱いている。市井で暮らす娘たちのように髪を飾ったり、花模様の衣装を纏って遊山に行ったり、あたりまえの暮らしをさせてやりたいとおもうこともあった。

それゆえ、道場での味気ない暮らしに潤いをもたらしてくれた慎十郎には、口には出さぬが感謝している。

「ふたりさえよければ、ゆくゆくは……」

気の早いことを夢想して、一徹は首を振った。

「……いかん、いかん」

蓬髪を夕陽に染めたすがたは、老いた赤鬼のようだ。

ふと、一徹は背後に気配を感じ、仰《の》け反《ぞ》りながら振りかえった。

刀の切っ先が届く間合いに、ひょろ長い侍がひとり立っている。

「気づかなんだは不覚」

一徹は身を固め、相手を睨みつけた。

幸い、殺気は放っていない。斬るつもりはないようだ。

長らく幕府の影指南を仰せつかっていた身ゆえ、役目のうえで何人もの命を奪ってきた。そのぶん恨みも買っているので、いつの日か、刺客が訪れるのを覚悟していた。

眼前の男が刺客なら、すでに命は無い。

「拙者、香月栄《こうづきさかえ》と申します。こちらに毬谷慎十郎どのはおられましょうか」

「おりますが、ご用件は」

動揺を隠して問いかけると、香月なる侍は壁に並んだ看板のひとつに目を向けた。

「あれにござる」

指摘された看板には「無外流辻道場」とある。

「取りもどしにみえられたのか」

「いかにも」

「妙じゃな。貴殿ほどの御仁が易々と看板を奪われるとはおもえぬ」

「拙者はその場におりませなんだ。道場主に頼まれ、取りもどしにまいっただけのことにござる」

「さもあろう。ちと失礼」

一徹は言うが早いか、ぶんと杖を振りあげる。

香月は頭を振って難なく躱《かわ》し、表情ひとつ変えない。

「やはり、おもうたとおりじゃ。それだけの技倆《ぎりょう》をお持ちなら、何処《いずこ》かの藩から剣術指南役の口が掛かろうというもの」

「買いかぶりにござります。拙者なぞ、人づてに小事を頼まれて小銭を稼ぐのが関の山。されば、ごめん」

断って身を寄せ、立てかけられた看板に手を伸ばす。

「待て」

玄関の内から、殺気がほとばしった。

視線のさきには、慎十郎が仁王のように立っている。

どことなく間抜けにみえるのは、前垂れ姿で擂り粉木を握っているせいだ。

仄《ほの》かに山梔子の香りを漂わせつつ、仁王が口をひらいた。

「看板を返してほしくば、誠意をみせてもらおう」

「誠意でござるか。なるほど、忘れておりました」

香月は袖口から紙袋を取りだし、鼻先に掲げてみせる。

慎十郎は裸足《はだし》で土間に下り、首をかしげた。

「何じゃ、それは」

「伊勢屋のかりんとうにござるよ」

「かりんとうが誠意と申すのか」

おもいがけぬ土産に咲は喜びそうだが、慎十郎は納得できない。

「かりんとうで騙《だま》すつもりか」

「騙すつもりはござらぬ。返してもらうべきものを取りにうかがったまで」

「看板を返してほしくば、力ずくで奪ってみよ」

「無理をなさるな」

「何だと」

奥から咲も顔を出す。

一徹は興味深そうに見守った。

慎十郎は擂り粉木を振りあげ、腹の底から気合いを発する。

「ぬりゃ……っ」

刀を抜きもせぬ香月に向かって、真っ向から襲いかかった。

「おっと危ない」

ひょいとすかされ、腕をたぐられる。

つぎの瞬間、慎十郎は宙を泳いでいた。

「うおっ」

大きく弧を描いて門の手前まで飛び、敷居にがつっと額をぶつける。

蹲《うずくま》ったまま振りむけば、ぱっくり割れた額から血を流していた。

「……よ、よくも投げ飛ばしてくれたな」

信じられぬといった顔で、弱々しくつぶやいた。

香月は着物の埃《ほこり》を払い、片頬で笑ってみせる。

「ご自身で飛んだのでござるよ。拙者は手を貸したまでのこと」

かたわらに佇《たたず》む一徹が笑った。

「ふふ、柔よく剛を制す。見事に投げられたものよ。慎十郎、おぬしの負けじゃ」

「へっ」

茫然自失《ぼうぜんじしつ》の体でいると、香月が看板を抱えて一礼する。

「お騒がせいたしました。されば、拙者はこれにて」

うなだれる慎十郎を尻目に門を抜け、足早に坂道を下りていってしまう。

「上には上がいるということじゃ。ぬは、ぬはは」

一徹の高笑いが腹に響いた。

「……ま、待ってくれ」

手を差しのべても、香月は戻ってこない。

「さあ、もうお仕舞いにして、夕餉にいたしましょう」

咲が気を取りなおすように告げても、慎十郎は門のそばから離れることができなかった。

四

何故、あいつなのだ。

天真爛漫《てんしんらんまん》な慎十郎の顔をおもいだすと、沸々と怒りが湧《わ》いてくる。

「おぬしではいかんそうじゃ」

家老の赤松豪右衛門から藩主安董の意向を告げられたとき、石動友之進は全身から力が一気に抜けていくのを感じた。

足軽の家に生まれ、幼いころに父を失って母に育てられた。生来の利発さと剣の技《ぎ》倆《りょう》を認められ、江戸家老直属の用人に抜擢されてからは、故郷に残る母のために出世を生きるよすがとし、出世のためなら情を殺して仕えてきた。

藩のため、豪右衛門のため、表沙汰にできぬような汚れ仕事も厭《いと》わずにやった。

上役には沈着冷静な態度を毛嫌いされ、同輩や後輩には血も涙もない鉄面皮だとおもわれている。どれだけ陰口をたたかれようとも、気にせずに精進を重ねた。そして、ようやく摑んだのが、播州十藩対抗戦に参じる藩代表の座だった。

華々しい舞台で存分に活躍し、頂点を極める寸前までいった。あと一歩のところで惜しくも敗れたが、それから一年のあいだ、口惜しさを糧にさらなる精進を重ねてきた。豪右衛門から「今年もおぬしでいく」という言質《げんち》を得ていたはずなのに、直前になって覆されたのだ。

「鶴《つる》の一声か」

慎十郎を対抗戦に参じさせろという。

藩士でもない男にだ。

しかも、そのことを伝える酷な役目を仰せつかった。

慎十郎をよく知る者でなければできぬ役目だと、豪右衛門に説得されたのである。

「勘弁してくれ」

出世の道筋をつけてくれた恩師の毬谷慎兵衛には感謝している。国許で円明《えんめい》流を教える毬谷道場に入門し、幼いころから毬谷三兄弟と匹敵するほどの実力を培った。ふたつ年下の慎十郎とは鎬《しのぎ》を削った仲でもあり、かつては何かと対抗心を燃やしていたが、今となってみれば過去のはなしだ。

竹馬の友でもなければ、気脈を通じた間柄でもない。あくまでも師匠の倅《せがれ》であり、稽古の相手でしかなかった。が、むかしから、慎十郎には何か得体の知れないものを感じていた。

ひとことでいえば、器が大きい。

自分にない資質を備えているのは確かで、憧《あこが》れに近い心情を抱いたこともあった。

「少なくとも、わしとはちがう」

剣の道を究めるためなら、藩籍も捨てる。

そんな芸当は、とうてい自分にはできない。

慎十郎の強さと、強さの源となる放埒さに、友之進は嫉妬《しっと》を抱いた。

年下であるにもかかわらず、秘《ひそ》かに尊敬もしていたのだ。

「が、許せぬ」

安董公に好かれていることが許せぬ。

しかも、あいつを好いているのは、安董公だけではない。

豪右衛門の孫娘、静乃も慎十郎に心の底から会いたがっている。

十三のときに故郷の裏山で命を救われた。そのときの印象が忘れられず、ほかの男に目が向かぬのだ。

友之進は一度、静乃から恋文を託されたことがあった。

今でもおもいだせば、胃が捻《ね》じきれるほど口惜しい。

預かった恋文は渡さず、秘かに捨てた。

「いったい、あんなやつのどこがよいのだ」

吐きすてたそばから、激しい嫉妬にとらわれる。

友之進は慎十郎が悩んでいることも知っていた。

剣の道を究めるためには、どうしたらよいのか。

地べたに這いつくばってもがき苦しむすがたは、極寒の地で餌《えさ》を必死に探す狼《おおかみ》を連想させた。

「あいつは研ぎすまされている」

剣の道を志したことのある者ならば、自分もああなりたいとおもう。

だが、けっして、ああはできない。侍であれば地位や体面を求める。そうした縛りを捨ててでも、みずからのなりたいものに向かって突きすすむ勇気はない。

慎十郎には勇気がある。地位や身分にとらわれず、侍であることすらこだわらぬ。

誰もが心の底では望んでもできぬことを、ごく自然にやってのける男なのだ。

「羨ましい」

どう逆立ちしても、やはり、慎十郎には勝てぬのか。

「くそっ」
吐きすてても、足を向けるしかない。
宮仕えの悲しさだ。
落陽の寸前、不忍池がぱっと燃えあがった。
おもいがけぬ光景に息を呑み、無縁坂にさしかかる。
上から誰かが下りてきた。
ひょろ長い侍だ。
小脇に細長い看板を抱えている。
「おや」
みたことのある顔だった。
擦れちがった直後、唐突におもいだす。
「姫路の首切り役人、香月栄か」
まちがいない。
姫路城に公用で遣わされたとき、白装束で土壇に立つ香月をみた。
切柄《きりつか》の刀を八相に構え、罪人の首を薄皮一枚残して斬りすてた。
ぞわりと、背中に寒気が走ったのをおぼえている。

藩屈指の剣客という噂どおり、冴えた腕前だった。

「こんなところで出会《でくわ》すとはな」

みるからにうらぶれており、禄を失ったことはあきらかだ。

友之進は香月の背中を見送り、坂を上りはじめた。

「もしや、慎十郎と出会ったのではあるまいな」

はたと気づき、早足になる。

丹波道場の門に達すると、敷居のところに慎十郎が蹲っていた。

額から血を流している。

「どうした、香月にやられたのか」

おもわず問うと、慎十郎が鬼の形相で睨みつけてきた。

「友之進、あやつを知っておるのか」

「ん、まあな」

「何者だ、教えろ」

「姫路藩酒井家の首切り役人だった男さ。今はどうしておるのか知らぬ。無縁坂で擦れちがっただけの相手だからな」

表口のほうから、一徹が喋りかけてくる。

「なるほど、それであやつは、姫路藩御用菓子のかりんとうを携えてきたわけか」

友之進は門の外から一礼した。

「丹波さま、ご無沙汰しております」

「ふむ、香月栄は町道場の道場主に頼まれ、看板を取りもどしにまいったのじゃ。どうやら、暮らしに窮しておるようでな。ふふ、かりんとうを手渡したついでに、そのでかぶつを投げとばしていきよったわ」

「まことにございますか」

「ああ、わしも驚いたがな、香月は刀を抜かずに虎を退治してみせたのじゃ。ぬしは」

何やら痛快になり、友之進もつられて笑う。

慎十郎はがばっと起きあがり、鼻面を寄せてきた。

「わしに何の用じゃ」

友之進は我に返り、胸に渦巻く怒りをおもいだした。

「十日ののち、播州十藩対抗の御前試合がある。各藩から代表をひとりずつ出し、勝ちぬきで頂点を決めるのだ」

「それがどうした」

「今年はおぬしが龍野藩脇坂家の代表に選ばれた。名誉におもえ」

「ふん、くだらぬ。播州で一番を決める申しあいなど、どうでもよいわ」

「何だと」

「どうせ、井の中の蛙同士で戦うのであろうが」

「こやつめ」

ぐっと怒りを抑えこみ、友之進は三白眼に睨みつける。

「殿の命だ。四の五の言わず、参じるがよい」

「嫌だね。わしは龍野藩の藩士ではない。安董公には申し訳ないが、命じられて参じねばならぬ義理もない。貂の陣羽織も黒鹿毛も返してやったしな」

「義理はなくとも、恩はあろう。わが殿は徳川幕府の柱石を担う御老中であられる。にもかかわらず、常々、おぬしのことを気に掛けておられるのだぞ」

「勝手に気に掛けられても困る。こっちにも都合があるからな」

「都合とは何だ」

「言わせるのか」

「ああ、言ってみろ」

「直心影流《じきしんかげ》の男谷精一郎《おだにせいいちろう》、神道無念流《しんとうむねん》の斎藤弥九郎、そして北辰一刀流《ほくしんいっとう》の千葉周作《ちばしゅうさく》、この三人に打ち勝ち、名実ともに日の本一の剣士になる。しかるのちに、故郷へ錦を飾るのだ。それがとりあえずの夢だ。夢をかなえるために、日々、精進を重ねておるゆえ、途中で脇道に逸《そ》れるわけにはいかぬ」

「ふん、偉そうに抜かしおって」

友之進は唇を嚙《か》む。

そこへ、咲の声が凛然《りんぜん》と響いた。

「播州を制する者は日の本をも制す。以前、お祖父さまから教わったことにございます」

慎十郎が振りむく。

横に立つ一徹も、寿老人《じゅろうじん》のごとく微笑《ほほえ》んだ。

「咲の申すとおりじゃ。ことに、姫路や明石にはいまだ世に出ぬ豪傑どもが隠れておると聞く」

「いまだ世に出ぬ豪傑ども」

つぶやく慎十郎に向かって、一徹は活を入れた。

「そうじゃ。おぬしを投げ飛ばした香月栄も姫路の者ではないか。井の中の蛙とは、おぬしのことよ。男谷や斎藤や千葉を倒すまえに、足許をしっかり見定めるがよい。

播州十藩対抗戦ならば、わしが影指南に任じられておったときも大いに話題になったものじゃ。頂点に立った剣士は、誰からも一目置かれる。上様への目通りが許された例もあるのじゃぞ」

「別に、公方に会いたいとはおもわぬ」

「たわけ、千代田城で目通りが許されるとはどういう意味か、わからぬのか。将軍家御指南役の柳生新陰流《やぎゅうしんかげ》や小野派《おのは》一刀流の猛者《もさ》どもと勝負できるということじゃ。はからずも、おぬしの父は御前試合に参じ、宝刀を下賜されるほどの活躍ぶりをしめしたというではないか。藤四郎吉光が泣いておるぞ。おぬしはまだ、父上の足許にも達しておらぬのじゃからな」

慎十郎はじっと耳をかたむけていたが、くいっと顔を持ちあげ、血走った眸子で一徹を睨みつける。

「ぐおおお」

暮れかかった空に向かって叫びあげ、どんと友之進を突き飛ばすや、無縁坂をまっしぐらに駆けのぼっていった。

五

何をさておいても、香月栄と決着をつけねばならぬ。

慎十郎は暗い道をひた走り、日本橋の蛎殻町までやってきた。

稲荷堀沿いの辻道場へ向かい、またもや無外流の看板を外す。そして、道場に居残っていた師範代の首根っこを摑んで脅し、香月の居場所を聞きだした。

教えられたのは、すぐそばの行徳河岸《ぎょうとくがし》から箱崎《はこざき》橋を渡ったさきだ。

慎十郎は橋を渡り、露地裏の一角までやってくると、朽ちかけた長屋の木戸門を眺めて溜息を吐いた。

貧乏人の暮らす棟割長屋である。

矜持《きょうじ》を持った侍にふさわしいところではない。

半信半疑でためらいつつも、門の内へ踏みこんだ。

どぶ板のつづくさきに稲荷の祠があり、揺れる燈明《とうみょう》が狐の顔を映しだしている。

腰高障子《こしだかしょうじ》の開く音が聞こえ、祠に近い奥の部屋から、ひょろ長い人影があらわれた。

香月だ。

慎十郎は後退《あとずさ》り、物陰から様子を窺う。

「八重《やえ》、栄太郎《えいたろう》、行ってまいるぞ」

「父上、行ってらっしゃいませ」

五つほどの男の子がすがたをみせ、戸口できちんとお辞儀をする。

香月は大小を帯に差して胸を張り、厳めしげにうなずいた。

「栄太郎、母のことを頼んだぞ」

「はい、父上、おまかせを」

小さいくせに、しっかりした息子だ。

母親は病にでも臥《ふ》せっているのか、見送りに出てこない。

香月はもう一度息子にうなずいて踵を返し、重い足取りでどぶ板を踏みしめる。

慎十郎は物陰で息を殺してやり過ごし、痩《や》せた背中を追いかけた。

声を掛けられなかったのは、香月が殺気を放っていたからだ。

いったい、何をする気なのか。

しばらく、尾《つ》いていってみようとおもった。

長屋の木戸門から出ると、香月は空を仰いだ。

いびつに欠けた月がある。

祈る月でもないのに、香月は片手で拝んでみせた。

湊橋《みなと》を渡って霊岸島《れいがんじま》を突っ切り、鉄炮洲《てっぽうず》稲荷《いなり》に渡って京橋川沿いに進む。

交差する堀川に架かった三つ橋のひとつ、真福寺《しんぷくじ》橋の手前で左手に折れ、幅の広い三十間堀《さんじっけんぼり》に沿って木挽町《こびきちょう》を南へたどる。さらに、ずんずん歩いて汐留《しおどめ》橋を渡り、芝口《しばぐち》のほうへ抜けていった。

芝口には龍野藩の下屋敷があるので、慎十郎も土地勘がある。

芝口のさきに広がるのは、愛宕下《あたごした》の大名屋敷だ。

縦横に延びる小路に沿って、中小大名の上屋敷が甍《いらか》を連ねている。

香月は大名小路へ出ると、周囲に目を配りつつ、佐久間小路のほうへ向かった。

閑散とした小路の左右には、小藩の上屋敷がつづく。

突きあたりには桜川が流れ、西へ進めば溜池だった。

香月は桜川の手前で足を止め、右手の屋敷を仰いだ。

「小野《おの》藩一柳《ひとつやなぎ》家の上屋敷か」

播州の小藩なので、すぐにわかる。

「香月め」

何を企んでいるのか。

慎十郎は胸騒ぎを禁じ得ない。

少し離れた暗がりから窺っていると、桜川のほうから侍らしき小太りの人影が近づいてきた。

どうやら、待ち合わせをしていたようだ。

小太り侍は香月に何事か囁《ささや》きかけたが、遠すぎて聞きとれない。

目を凝らすと、ふたりは懐中から黒い布を取りだし、鼻と口を覆った。

あきらかに、誰かに危害をくわえようとしている。

しばらくすると、別の人影が小走りにやってきた。

木刀を提げた若侍だ。

小太り侍が暗がりから抜けだし、若侍の行く手に立ちはだかった。

「小野藩馬廻り役、森野《もりの》文吾《ぶんご》どのとお見受けいたす」

「怪しいやつめ、何者だ」

「問答無用」

小太り侍は白刃を抜き、やにわに斬りつけた。

「うわっ」

森野は木刀で初太刀を弾き、塀際へ逃げる。

そこにはもうひとり、香月が隠れていた。

「御免」

刹那、月影に白い閃光《せんこう》が閃《ひらめ》いた。

「ぬっ」

森野なる藩士が、どさっと倒れる。

死んではいない。

足首を押さえ、地べたを転がりまわった。

踵《かかと》の腱《けん》でも断たれたのか、声も出せぬほど痛がっている。

「お許しあれ」

香月はひとこと残し、小太り侍ともども駆けだした。

こちらへ逃げてくる。

慎十郎はふたりをやり過ごし、後ろ髪を引かれつつも、遠ざかるふたりの背中を追いかけた。

――うおん。

山狗《やまいぬ》の遠吠えが尾を曳《ひ》いた。

大名小路に躍る人影を、冴えた月が照らしだす。

逃げるふたりは、幸橋御門手前の広小路を突っ切った。
川に沿って右手へ向かい、芝口から汐留橋を一気に駆けぬける。
橋を渡ったところで、ようやく立ちどまった。
小太り侍が黒い布をはぐりとり、両手で膝を押さえて息を整える。
同じく黒い布を取った香月のほうは、少しの息の乱れもない。
日頃から鍛えている者とそうでない者の差であろう。
慎十郎も香月同様、ほとんど息は乱れていない。
凶事を為したふたりは、足早に歩きはじめた。
戻ったさきは、貧乏長屋のある箱崎町だ。
香月は妻子の待つ長屋へ帰らず、小太りといっしょに箱崎橋を渡る。
町木戸の閉まる亥《い》ノ刻（午後十時頃）は近い。
暗い往来には、寒風が吹きぬけていた。
香月たちは行徳河岸に沿って右手に進み、永久橋《えいきゅう》の手前で木陰に潜む。
――りんりん、りんりん。
橋向こうから、風鈴蕎麦《ふうりんそば》の屋台がやってきた。
鈴の音に誘われたように、人影がちらほらあらわれる。

近くの武家屋敷に仕える番士たちであった。
冷えたからだを暖めるべく、十六文の蕎麦を食いにきたのだ。
――ぐぐう。
慎十郎の腹も鳴った。
夕餉を食わなかったことを後悔する。
何人かの番士たちが去り、図体の大きな番士がひとりでやってきた。
あらわれた方角から推すと、山崎《やまさき》藩本多《ほんだ》家の者だろう。
愛宕下の小野藩一柳家と同様、播州の小藩にほかならない。
「小野藩のつぎは山崎藩か」
またもや、胸騒ぎにとらわれる。
番士は湯気の立つ蕎麦を啜《すす》り、早々に屋台の外へ出てきた。
少し離れた暗がりには、黒い布で顔を隠した香月が待ちかまえている。
何やら声を発したが、後ろから様子を窺う慎十郎の耳には聞こえない。
おそらく、素姓をたしかめたのだろう。
「ふおっ」
気合い一声、蕎麦を啜った相手は腰の刀を抜いた。

それよりも一瞬早く、香月は本身を抜いている。

ふたつの影が擦れちがい、小さな悲鳴が漏れた。

図体の大きな番士が蹲り、痛そうに右腕を抱えている。

香月は素早く納刀して踵を返し、その場から一目散に走りさった。

闇に消えかけた背中を小太り侍が必死に追い、さらに、その後ろから慎十郎が追いかける。香月は箱崎橋の手前で足を止め、追いついた小太り侍に金子を貰うと、振りむきもせずに橋を渡っていった。

ふたりの藩士を斬って報酬を貰い、妻子の待つ長屋へ帰るのだ。

慎十郎は足を忍ばせ、斬らせたとおぼしき小太り侍を追うことにした。

何のことはない。稲荷堀沿いにある辻道場の門前を通りすぎ、堀川の対岸に立つ姫路藩酒井家の中屋敷へ消えていく。

「妙なはなしだな」

酒井家の家臣が藩籍を離れた元首切り役を、刺客にすべく金子で繋《つな》ぎとめているというわけだ。

刺客といっても、命まで絶ったわけではない。

香月は森野なる一柳家馬廻り役の番士の踵を斬り、本多家に仕える番士の腕を斬った。

最初から傷を負わせる目途《めど》でやったようだが、いずれにしても許される行為ではなかった。

「あんなやつに投げ飛ばされたのか」

不甲斐《ふがい》ない自分への怒りが湧いてくる。

しかし、空腹すぎて力が出てこない。

屋台の蕎麦を食う銭もなかった。

「今宵は戻るか」

咲と一徹に詫《わ》びを入れ、夕餉の残りを頂戴しよう。

慎十郎はぎゅっと口許を結び、月の揺らめく稲荷堀に背を向けた。

六

翌日、慎十郎は香月に会いにいった。

今日こそは会わねばなるまい。

強い決意を胸に、長屋の木戸門を潜る。

部屋を訪ねてみると薄暗く、病人の咳《せき》が聞こえてきた。

妻女であろう。
香月は留守らしい。
戸口からそっと離れると、踵が何かに引っかかった。
「うわっ」
どしんと、尻餅《しりもち》をつく。
「わあああ」
洟垂れどもが、蜘蛛《くも》の子を散らすように逃げていった。
足許に荒縄が落ちている。
悪戯《いたずら》をされたのだ。
「ぬおっ」
両腕を持ちあげ、わざと怒ってみせると、悪戯小僧たちは隙間に隠れてしまう。
持ちあげた腕をゆらゆらさせ、慎十郎は海月《くらげ》のように踊りはじめた。
洟垂れどもがひとりふたりと顔を出し、どぶ板の上に集まってくる。
恐々ながらも近づき、いっしょに踊りだした。
なかには、慎十郎にちょっかいを出す者もいる。
年は五つほどから十くらいまで、数は十人を超えていよう。

恐いものみたさに近寄る仕草は、餌を貰おうとする猿と同じだ。

子どもたちのなかで、いちばん丈の低い子に目が向いた。

香月の息子だ。

たしか、栄太郎といったな。

ほかの連中から少し離れ、控えめに立っている。

近づきたくても、年上の者たちが許してくれない。

左右から肘《ひじ》や膝で小突かれ、地べたに転んでしまう。

そうした様子をみただけで、栄太郎の置かれている苦境はわかった。

ひとりだけ侍の子であることが、長屋での立場をわるくしているのだ。

子どものいじめは、大人よりもえげつない。からだの大きい子にたいしては、負けん気で向かっていくしかないが、小さな栄太郎にはおのずと限界があろう。

慎十郎が手を差しのべると、栄太郎は遠慮がちに身を寄せてきた。

「おまえはあっちに行け」

蹴飛《けと》ばそうとする洟垂れを睨みつけ、前歯を剝いて威嚇する。

邪魔だてする洟垂れもいなくなったので、栄太郎の脇の下を持ちあげ、ひょいと肩車をしてやった。

「わああ」

まわりの連中は羨ましがり、われもわれもと縋りついてくる。

慎十郎の肩の上で、栄太郎は得意げだ。

何しろ、手を伸ばせば軒に届いてしまう。

幼い子どもにしてみれば、嬉しくてたまらない。

いったい何の騒ぎかと、嬶ぁどもが部屋から顔を覗かせた。

栄太郎の母親も床から這《は》いだし、戸の隙間から青白い顔を差しだす。

慎十郎は踊っているうちに楽しくなり、洟垂れどもを引きつれて木戸門のほうへ向かった。

するとそこへ、香月が帰ってくる。

手に抱えているのは、木戸番で求めた焼き芋であろう。

「あっ、父上」

栄太郎が頭上で叫んだ。

香月は厳しい目で息子を睨みつける。

「そんなところで何をしておる」

慎十郎が代わりにこたえてやった。

「わしが勝手にしたことだ。息子を叱るな」

肩からおろしてやると、栄太郎はしょんぼりする。

ほかの連中は歓声をあげながら、門の外へ出ていった。

父が顎をしゃくると、栄太郎も嬉々として後ろにつづく。

どれだけいじめられようが、長屋の腕白どもと遊びたいらしい。

慎十郎は眸子を細め、駆けていく栄太郎の後ろすがたを見送った。

「子どもってのは正直なだけに恐い。始末に負えぬ。歯止めが利かなくなれば、何をしでかすかわからぬ。言ってみりゃ、小さな狼どもだ」

「何が言いたい」

「息子のことさ。侍の子ゆえ、いじめられておるようだ」

「わかっておる」

縄張りに踏みこまれたせいか、香月は昨日とちがい、敵意の籠もった眸子で睨みつけてくる。

「唾を吐かれようと、肥溜めに落とされようと、栄太郎は耐えねばならぬ。それしきのいじめに耐えられぬようなら、ひとりで生きていけまい」

「ひとりで」

「ああ、子どもはいずれ親から離れていく。ひとりで生きぬく術《すべ》を知らねば、野垂れ死ぬだけのこと」

「酷なはなしだな」

「生まれたときも死ぬときも、ひとはひとりだ。誰かを頼れば、かならずしっぺ返しを食う。そのことを、栄太郎は知らねばならぬ」

ふっと、慎十郎は笑った。

「さすが元首切り役、刃物のように冷たい男だな」

「わしの素姓を知っておるのか」

「素姓だけではないぞ。昨夜、おぬしのやったことをこの目でみた」

「尾けたのか」

「ああ」

「誰に命じられた」

「わしの一存さ」

「ふうん、そうか」

香月はひらきなおったように言い、慎十郎の脇を擦りぬけようとする。

「待て。おぬしのやったことは、とうてい許されることではない。何故、あんなまねをしたのだ」

「わからずともよい。余計なことに首を突っこむな」

「そうはいかぬ」

慎十郎は身構えた。

「わしは、おぬしと決着をつけにきたのだ」

「決着」

「そうだ。おぬしとわしと、どちらが強いか。刀を合わせてみたいのさ」

「投げられてわかったであろう。おぬしはわしに勝てぬ。抜けば命を失うぞ」

「どうかな」

慎十郎は後退り、いったん間合いから逃れた。

すっと身を沈め、藤四郎吉光の柄に右手を添える。

「お待ちくだされ」

後ろで妻女が叫んだ。

病のからだを引きずってくる。

「おふたりとも、お待ちくだされ」

膝を地に落とす妻女に気づき、香月は顔色を変えた。

脱兎《だっと》のごとく走り、慎十郎の脇を擦りぬけていく。

「八重、無理をしてはいかんと申したではないか」

「されど、されど……ごほっ、ごほっ」

八重は咳《せ》きこみ、真っ赤な血を吐いた。

香月は背中を撫《な》でて落ちつかせ、腕を取って立たせる。

そして、こちらに振りむき、落ちついた口調で言った。

「おぬしの父上、毬谷慎兵衛どのの武名は以前から聞きおよんでおった。生涯に一度でもよい、立ちあいたいとおもったお方だ。おぬしの力量はわからぬ。ただ、ひとつだけ言わせてもらえば、おぬしは勝ち気にはやりすぎておる。強い相手に勝ちたいなら、不動心を磨き、木鶏《もっけい》になることだ」

「木鶏」

「さよう、木の鶏《とり》は気配を悟られぬ。気配の無いものを斬るのは難しい。たとい、目でみえていたとしても、気配を感じなければみていないのと同じだ」

「禅問答のようだな」

「さよう、剣とは禅なり。只管打座《しかんたざ》、気を練るには座禅三昧《ざんまい》の道よりほかにない」

それこそが無外流の極意とでも言いたげに、香月は眸子を輝かせる。

慎十郎は覇気に呑まれ、ことばを失ってしまった。

「ともあれ、わしらの邪魔をするな。おぬしに関わりはあるまい」

香月は意味深長な台詞《せりふ》を残し、妻女の肩を抱きながら部屋へ消えた。

もどかしいおもいを抱えつつも、慎十郎は漫然と見送るしかなかった。

七

――只管打座。

などと、偉そうに抜かしやがって。

自分のしでかしたことは、いったい何なのだ。

怒りを持てあましながらも、香月を追及する気にはならなかった。

胸を患った妻女と幼い息子を抱え、どん底に近いところで必死に生きている。

それをおもうと、責める気力が萎《な》えてしまうのだ。

何故、香月は「わしらの邪魔をするな」と言ったのか。

その意味するところを考えあぐねていると、翌朝になって丹波道場へ龍野藩の使者があらわれた。

何と、駕籠まで用意されている。

「おぬしも、ずいぶん偉くなったな」

一徹にからかわれ、戸惑っていると、使者の侍はしかつめらしく口上を述べた。

「ご家老がまかりこすようにと仰せでござる」

「何だ、その上から見下ろしたような態度は」

一徹が笑いながら口を挟んだ。

「見下ろされても当然の立場であろうが。文句を言わずに行ってこい」

「何故、行かねばならぬのです」

「せっかく、ご家老さまがお呼びくだされたのじゃ。剣士ならば、礼を尽くせ。それにな、手土産を貰えるかもしれぬ。咲が喜ぶぞ」

「咲どのが」

「ああ、おぬしのまえでは顔に出さぬが、かりんとうをたいそう喜んでおった。出稽古から帰ってきたときに手土産があれば、おぬしの評価も鰻登《うなぎのぼ》りとなろうぞ。藩邸に行けば、何かよいことがあるかもしれぬしな」

考えもなく発した最後の一言が、慎十郎をその気にさせた。

何かよいことと聞いた瞬間、静乃のことをおもいだしたのだ。

——逢《あ》いたい。

かなうはずもない希望に胸を膨らませ、慎十郎は不慣れな駕籠に揺られつつ、芝口の龍野藩下屋敷までやってきた。

歩いて門を抜けると、表玄関の脇に石動友之進が待ちかまえている。

「よう来たな、慎十郎」

「ああ、静乃どのに逢えるかもしれぬとおもうてな」

「たわけ」

顔色を変える友之進を、慎十郎は不思議そうにみつめた。

「おぬし、もしや、静乃どのに惚れておるのか」

「……ば、莫迦を申すな。静乃さまは、お仕えする赤松家の姫君ぞ」

「そのとおり。おぬしごときに惚れられても迷惑なだけのはなしだ」

「何だと」

このとき、豪右衛門が通りかからなかったら、友之進は刀を抜くところだった。

「玄関先で何を揉めておる。早う、部屋にはいらぬか」

「はっ」

かしこまる友之進に背中を押され、慎十郎は控えの間に通された。

十二畳の大広間だが、火鉢が焚《た》かれているので寒さは感じない。

すでに、料理の膳もしつらえてあった。

豪右衛門は上座の脇息にもたれ、鷹揚に微笑む。

「おぬしは大食漢ゆえ、精のつくものを用意させた」

まんなかで湯気を立てているのは、すっぽん鍋《なべ》らしい。

膳はふたつしかなく、下座に控える友之進のぶんはない。

何やら哀れに感じられたが、こればかりは致し方なかった。

平皿には旬の魚も並んでいる。

なかでも目を引くのは、大きな甘鯛《あまだい》の味噌焼きだ。

「鱗《うろこ》をひかず、五日ほど味噌に漬けさせた。酒に合うぞ、ほれ」

豪右衛門がみずから、酌をしてくれる。

ほどよく燗《かん》された上等な酒が胃の腑《ふ》に染みこむと、慎十郎の頰も自然と弛《ゆる》んだ。

「友之進から聞いておろう。十藩対抗戦のことじゃ。殿の強いご意向で、おぬしに白羽の矢が立った。参じてくれような」

「そのことなら、お断りしたはずでござる」

「そう申すな。播州諸藩にとって年に一度の対抗戦がいかに重要か、おぬしはわかっておらぬようじゃな。対抗戦での序列が、向こう一年の藩政にも何かと影響をおよぼすのじゃ。たとえば、播州諸藩に課された賦役なども、序列が下になった藩が率先してやらねばならぬ。譜代外様の別もなく、石高の大小も関わりはない。要するに、対抗戦で頂点を極めれば、大きな顔をしていられるのじゃ」

「大きな顔をしたいがために、上から下まで必死にならねばならぬ。そういうわけでございますか」

「剣の強さが藩の命運を左右するのじゃ。痛快ではないか。太平の世になってからこの方、無用の長物になりさがった剣士を生かす場は無《の》うなった。ひとつぐらい、晴れ舞台を用意されてもよかろうが」

剣の道を志す者にとってみれば、たしかに、ありがたいはなしだ。

「昨年は友之進が参じてな、最後のひとりというところまでいったが、姫路藩酒井家の尾形左門に負けた」

尾形左門の武名は、播州で剣を修めた者なら誰でも知っている。

慎十郎も無外流の「獅子王剣」を使う尾形とは、一度手合わせしたいとおもっていた。

「なるほど、尾形左門も参じるのでございますか」

「尾形のみならず、田宮流の高島周作や二天一流の村田《むらた》大八《だいはち》もおる」

いずれも、名だけは知っている。

錚々《そうそう》たる顔ぶれが揃《そろ》うと知り、俄然、興味が湧いてきた。

豪右衛門は閉じた扇子を振る。

「友之進、組み合わせ表をこれへ」

「はっ、ただいま」

友之進は膝行《しっこう》し、畳の上に大きな紙を広げた。

紙には左右ふたつの山が書かれ、播州十藩の代表者とおぼしき剣士の名が明記されている。

龍野藩は右手の山に見受けられたが、剣士の名だけは空白になっていた。

「みてのとおり、一戦目の相手は三日月藩森家の梁川翔馬じゃ。何でも、天心流の練達だとか」

「梁川翔馬なら存じております」

と、慎十郎が応じた。

目黒行人坂《めぐろぎょうにんざか》上の上屋敷内に三日月藩の武芸所がある。三月ほどまえ、申しあいを望んだが拒まれた。そのときに対応した師範代が梁川で、隙のない相手だったのをおぼ

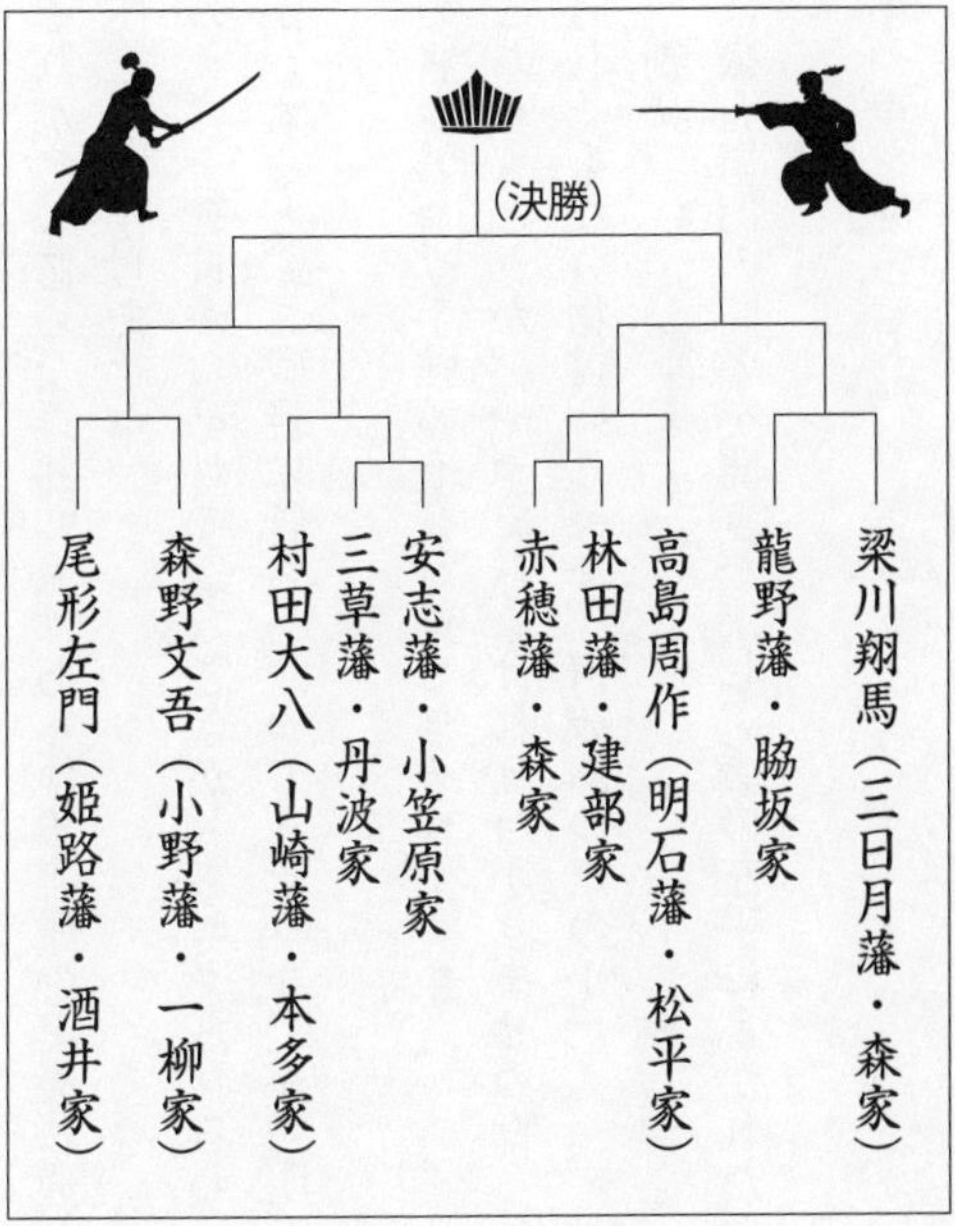
（決勝）
梁川翔馬（三日月藩・森家）
龍野藩・脇坂家
高島周作（明石藩・松平家）
林田藩・建部家
赤穂藩・森家
安志藩・小笠原家
三草藩・丹波家
村田大八（山崎藩・本多家）
森野文吾（小野藩・一柳家）
尾形左門（姫路藩・酒井家）

えている。

「勝てそうな男か」

「はて。それがしの修めた雖井蛙流はあらゆる流派の奥義に通じておりますが、天心流の返し技だけは存じませぬ」

「弱ったのう。一戦目からそれでは、さきがおもいやられるわい」

「この山からすると、二戦目に勝ちあがってきそうなのが、明石の高島周作にござりますな」

「田宮流の居合じゃ。手強いぞ。対処できそうか」

「はて、こちらもどうか。やってみなければわかりませぬ」

「おぬしらしくもない物言いじゃな。何ぞあったのか」

「いいえ、別に」

慎十郎は豪右衛門の問いを聞きながし、表の左手に書かれた山に目を移す。

「おや」

おもわず、声を漏らした。

左手の山に、森野文吾という名をみつけたのだ。

小野藩一柳家の森野文吾。

まちがいない。一昨夜、香月に踵の筋を断たれた馬廻り役だ。

表によれば、森野は一戦目で姫路の尾形左門と当たることになっている。

「尾形が勝つと決まったわけではありませぬ」

と、友之進は分析する。

「一柳家の森野なる者、そうとうな遣い手と聞きました。尾形と五分にわたりあえるほどの力量だと申す者もおるほどで」

「げっ」

慎十郎が妙な反応をみせたので、友之進と豪右衛門は不審そうな顔つきになる。

「どうかしたのか」

問われても、慎十郎は首を横に振った。

「……い、いえ、何でもありませぬ」

何故かわからぬが、香月のことは隠しておこうとおもった。

友之進がつづける。

「左の山では、山崎藩本多家の村田大八も強敵にござります。三草《みくさ》藩と安志《あんじ》藩の両者で勝ったほうと当たり、おそらく、村田が勝ちあがってまいりましょう。そうなると、姫路の尾形とは二戦目で当たることになりますな」

山崎藩本多家と聞いて、風鈴の音色が耳に蘇《よみがえ》った。

蕎麦屋台の近くで右腕を斬られた藩士のことをおもいだす。

「友之進、村田とはどのような男だ。もしや、図体の大きい男か」

「ふむ。龍野で一度立ちあったが、たしかに大兵《だいひょう》だった。二刀を軽々と扱うことができる。力に頼りすぎるところなど、おぬしにちと似ておったな」

皮肉を言われても、腹は立たない。

慎十郎は香月のことを考えていた。

踵の筋を断たれたのが森野文吾で、腕を斬られたのが村田大八なら、ふたりを傷つけた意図はあきらかだ。

姫路藩酒井家の尾形左門を勝たせるために、姑息《こそく》な手段を講じたにちがいない。

そこまでしてでも勝ちたいのが、播州十藩対抗戦なのだろうか。

「許せぬな」

慎十郎は吐きすてた。

豪右衛門は白い眉を寄せる。

「何が許せぬのじゃ」

「あ、いえ、姫路の好きにはさせぬという意味にござります」

「されば、参じてくれるのか」

冷めかけた酒を注《つ》がれ、慎十郎は盃《さかずき》を一気に干した。

「喜んで参じましょう。ただし、ひとつ条件がござる」

「何じゃ、申してみよ」

「頂点に立ったあかつきには、褒美が欲しゅうござります」

褒美と聞いて、豪右衛門はうろたえた。

静乃を嫁にくれと言われた四年前のことをおもいだしたのだ。

「待て、地位か金子なら、どうにかなる。それ以外の褒美はならぬぞ」

「ふふ、御家老さま、何を恐れておいでです。孫娘の静乃どのを嫁にくれとは申しませぬよ」

不敵な笑みを漏らすと、豪右衛門は安堵の溜息を漏らした。

「されば、何じゃ」

「ひと目だけ、静乃どのに逢わせてもらえませぬか。それができぬと仰るなら、このはなしはなかったことに」

慎十郎がお辞儀をするや、友之進が昂然《こうぜん》と立ちあがった。

「こやつめ、図に乗るでないぞ」

すかさず、豪右衛門が手で制する。

「よし、わかった。ひと目でよいなら、静乃に逢わせてやろう」

「まことにござりますか」

「武士に二言はない」

「されば、ありがたく、お引受けいたします」

引受けると決めた途端、体内に流れる荒くれ者の血が騒ぎだす。

慎十郎は興奮の面持ちで、皿に載った甘鯛の尻尾を摑んだ。

何をするかとおもえば、頭からむしゃむしゃ食いはじめる。

「まるで、餓鬼《がき》じゃな」

豪右衛門が、呆れたようにつぶやいた。

八

下屋敷を辞去する段になって、慎十郎は悩んだあげく、友之進にだけ香月栄のことを告げた。森野文吾や村田大八のこともすべてはなすと、友之進は驚愕《きょうがく》してみせたが、とりあえずは真実を暴きだすべく、香月の周辺や姫路藩酒井家の内情を調べてみると約束してくれた。

猶予はない。

対抗戦へ参じる以上、勝つための戦術を練らねばなるまい。

道場に戻って参じる意志を告げると、一徹と咲がめずらしく手を貸してくれた。

おかげで、天心流の奥義が柳生新陰流の転《まろばし》に似ていることもわかったし、田宮流居合への対応を修練することもできた。

咲は、無外流には「獅子王剣」と並んで「鳥王剣《ちょうおうけん》」なる必殺技があることを教えてくれた。おそらく、褒美のことを知れば、何ひとつ教えてくれなかったにちがいない。

慎十郎は罪の意識を感じながらも、手ほどきされた技を巧みに吸収していった。

対抗戦まで三日を残すのみとなった日の夕方、友之進が丹波道場にやってきた。

鱈《たら》ちりをつくったところだったので、夕餉に誘ってやると、はにかんだように喜んでみせる。

四人で鍋を囲むと、一徹が酒を呑もうと言いだした。

道場での飲酒を自分で禁じたにもかかわらず、嫌がる咲に命じて近所の酒屋から安酒を買ってこさせる。

咲を除く三人は酒を酌み交わし、しばらく剣術談義に花を咲かせた。

もちろん、友之進は憂さ晴らしにきたのではない。

香月や酒井家のことを調べあげてきたのだ。

一徹や咲に隠す必要はないので、慎十郎はためらう友之進を促した。

「おぬしの言ったとおりであった。小野藩の森野文吾と山崎藩の村田大八は出ぬ。理由はあきらかにされておらず、怪我をしたことも隠された。ふたりの代わりに選ばれた者たちは、格段に腕が落ちるようでな」

「やはり、姫路の差し金か」

「証拠はない。されど、おぬしの描いた筋書き以外には考えられぬ。香月に報酬を渡しておった小太りの侍がおったと言うたな。そやつはたぶん、仁村弥左衛門《にむらやざえもん》だ。尾形家の用人頭さ。藩内では尾形帯刀《たてわき》の懐刀と言われておる」

慎十郎は熱い汁を啜り、口を火傷《やけど》しそうになった。

「尾形帯刀ってのは、尾形左門の父親か」

「ああ、そうだ。酒井家の台所を担う勝手掛でな、寸翁《すんのう》さまのあとを継ぐ大物と目されておる」

「寸翁とは」

「知らぬのか」

と言ったのは、隣で聞き耳を立てていた一徹だった。

「四代の主君に仕え、姫路藩十五万石を支えつづけてきた、名物家老の隠号じゃ」

寸翁こと河合道臣《かわいひろおみ》は姫路藩酒井家の繁栄を築いた人物として、播州のみならず全国に名を知られている。

友之進がはなしを引きとった。

「たとえば、飢饉《ききん》に備えた義倉の設置や湊の整備を推進し、高麗人参《こうらいにんじん》や砂糖黍《さとうきび》などの栽培を奨励した」

塩、皮革、鉄製品などの専売を実現させた商売人でもある。ことに、白くて柔らかい姫路木綿は「姫玉《ひめたま》」として好評を博し、これを藩の専売にしたおかげで莫大《ばくだい》な利益が生まれた。三十年前に七十万両を超えていた借金が完済されたのは、ひとえに寸翁の功績によるものと幕閣の面々も認めている。

「姫路のことは寸翁に聞け、と言われておるほどでな」

またもや、一徹が口を挟んだ。

「そう言えば、御用菓子商の伊勢屋に銘菓の玉椿やかりんとうをつくらせたのも、寸翁じゃと聞いたことがあるぞ」

姫路藩主の酒井忠学はまだ藩主になって短い。それゆえ、寸翁は三年前に隠居してからも、何かと頼りにされてきたという。

「ところが、このところはめっきり老けこんで、病気がちになってしまったらしい」

と、友之進は顔をしかめる。

「そこへあらわれたのが、尾形帯刀というわけだ」

尾形は舌鋒《ぜっぽう》鋭く頭の切れる人物だが、黒い噂のあることでも知られていた。

「姫路名産の姫玉を専売の特権を持つ藩が売り惜しんでいる、との噂もある。売り惜しみのせいで木綿相場が高騰し、横山町《よこやまちょう》の太物問屋仲間から、どうにかしてほしいとの訴えも出ておってな。姫路藩十五万石のことゆえ、町奉行所は訴えられても口出しができぬ」

隣藩の誼《よしみ》で、安董に難題解決のお鉢がまわされてきたのだという。

友之進は口を濁したが、家老の赤松豪右衛門は安董の意を汲《く》み、姫路藩内に隠密を忍びこませていたらしかった。友之進はその隠密と連絡《つなぎ》を取り、姫路藩の暗部を知ることができたのだ。

「どうやら、裏で御用商人どもに姫玉の売り惜しみを命じているのが、尾形帯刀らしいのだ。それだけではないぞ。藩には抜け荷の疑いもあってな、こちらにも尾形が関わっているらしい」

「ふうん、いろいろあるわけだな」

慎十郎は、さして関心なさそうに漏らす。

一徹は酒を呑みながら赤い顔で耳をかたむけ、咲は懸命に鍋の残りを掬《すく》っていた。

友之進はつづける。

「酒井家のお殿様はたいそう武芸好きでな、播州十藩対抗戦をことのほか楽しみにしておられるとか。尾形帯刀が寸翁の後継者としてみずからの立場を強固なものにするためには、どうしても息子の左門に二連覇の偉業を遂げさせねばならぬのだ」

「そのために、苦戦を強いられるとおぼしき相手をあらかじめ除く手に出たわけか。許せぬな」

「証拠はない。たった三日で証拠を得るのは無理だ。悪事は悪事として暴かねばならぬが、そのまえに、おぬしには是が非でも尾形左門を負かしてもらわねばならぬ」

「言われなくても、わかっておるわ」

「気をつけろ。おぬしの名は、各藩の組み合わせ表に載った。森野や村田のように、香月から狙われるやもしれぬからな」

慎十郎は、忙しなく動かしていた箸《はし》を止める。

「香月め、何故に悪事の片棒を担ぐのか。どうも、金のためばかりとはおもえぬ」

「わしもそうおもう。じつは、香月が藩を出た理由を耳にした。半年前、妻女の兄の首を斬ったのだ。そのことを悔いて役目を辞し、藩籍を離れたと聞いた」

「何だって」

慎十郎ばかりか、一徹や咲も箸を止めた。

三人をじっくり眺めまわし、友之進は口をひらく。

「義兄は公金を横領した罪に問われ、しばらくのちに斬首の沙汰が下された。義弟の香月は首切り役人ゆえ、みずからの役目を全うせねばならぬ。ほかの者に斬らせる手もあったが、義兄はどうせ首を断たれるなら、上手な義弟に頼みたいと言ったそうだ。香月は義兄の懇願に応じた。されど、応じたときから覚悟を決めておったのだろう」

首を断った翌日には、役目を辞す旨を上役に告げていた。

「何と、潔いはなしではないか。それほどの人物が、たとい生活《たつき》に窮しているからといって、卑怯《ひきょう》な連中の片棒を担ぐとおもうか」

「おもえぬ。されど、金以外にどんな理由があるというのだ」

友之進は一拍間を置き、一段と声を低くする。

「義兄に科された横領の罪は、濡《ぬ》れ衣《ぎぬ》であったとの噂がある。義兄は勘定所の組頭だった。上役は尾形帯刀だ。罪に問うたのも、尾形であった。どうだ、おかしいとはおもわぬか。香月栄は言ってみれば、義兄の首を断たせた仇の飼い犬になりさがっておるのだぞ」

「たしかに、妙だな」

そこまで堕ちる人物だとは、どうしてもおもえない。

慎十郎は眉間に皺を寄せる。

「香月は気になる台詞を吐いておった。『わしらの邪魔をするな』と言ったのだ」

「『わし』ではなく『わしら』と言ったのか」

「ああ」

「何か、深い事情がありそうだな」

「本人に聞いてみるか」

「やめておけ。少なくとも、対抗戦が終わるまでは動くな」

友之進にきつく諭され、慎十郎は面倒臭そうにうなずいた。

気づいてみれば、鍋の具はなくなっている。

咲が残った汁を掬い、雑炊をつくると言いだした。

「ふふ、鶏《とり》屋の婆さんから、いいもんを貰っておいたのだわ」

一徹が袖口に手を突っこみ、手妻《てづま》でも披露するように生玉子をふたつ取りだす。

ほんとうは、袖に隠したことも忘れていたらしい。

「ようも割れずにおったのう。われながら、あっぱれじゃ」

一徹は自慢げに胸を張り、咲ではなく、慎十郎に玉子を託した。

九

対抗戦は明日に迫った。

眠れずに厠《かわや》へ起きると、いびつな月が空に輝いている。

臥所《ふしど》のなかで待つ月だ。すでに子《ね》ノ刻（午前零時）に近い。

眠れそうにないので門から外に出て、急勾配の無念坂を駆けのぼった。

向かう先は枳殻寺《からたちでら》として知られる麟祥院《りんしょういん》、春日局《かすがのつぼね》の菩提寺《ぼだいじ》である。

春日局の眠る墓石は四方に丸い穴の穿《うが》たれた無縫塔で、穴の由来は死んでも黄泉《よみ》から御政道を見通せるようにとの遺言に拠《よ》るらしい。

「執念深い御仁だな」

麟祥院はまた、咲の両親が眠る寺でもある。

枳殻は春に真っ白な花を咲かせ、秋に芳《かぐわ》しい香りを放って丸い実を結ぶ。

季節の移ろいを肌で感じながら墓所をゆっくり巡り、両親の面影を偲《しの》ぶ。
そうすることが何よりも好きだと、咲は言った。
じつは、龍野の実家も垣根は枳殻で作られている。
枳殻には縁があるなと、慎十郎はおもった。
麟祥院のさきは加賀《かが》藩百万石の上屋敷、高い塀を過ぎた向こうは中山道《なかせんどう》である。
中山道を右手に折れ、ひたすら北へ進めば鶏声ヶ窪の酒井屋敷にたどりつく。
慎十郎は中山道まで走り、右手に曲がらずに踵を返した。
麟祥院の山門まで戻ってくると、人影が佇んでいた。
黒い布で顔を覆った、ひょろ長い体軀《たいく》の男だ。
香月か。
勘づくと同時に、男は白刃を抜いた。
周囲に注意を払うと、背後の木陰にもうひとり隠れている。
仁村弥左衛門という小太りの用人頭であろう。
無刀の慎十郎に手傷を負わせるつもりなのだ。
「ご苦労なことだ」
踵を返しかけると、香月が叫んだ。

「待て、おぬしの相手はわしだ」

たたたと駆けより、上段から斬りつけてくる。

これを難なく躱し、慎十郎は拳《こぶし》を突きだした。

――ずこっ。

拳は額に当たり、香月はたまらずに片膝をつく。

避けようとおもえば、容易に避けられたはずだ。

妙だなとおもいつつも、ぐっと身を寄せた。

「すまぬ、斬られたふりをしてくれ」

香月が囁きかけてきた。

片膝をついたのは、後ろに控える仁村の死角にはいるためだ。

「半刻《はんとき》（約一時間）後、鉄炮洲稲荷で」

言うが早いか、下から突いてくる。

「ぐおっ」

慎十郎は浅く斬られた右腕を押さえ、大袈裟《おおげさ》に転がってみせた。

転がってからも呻《うめ》き声を漏らし、坂道を転げまわる。

気づいてみると、ふたりの気配は消えていた。

無論、真夜中なので通行人はいない。

起きあがり、裾《すそ》の埃を払う。

坂道を下りていくと、門のまえに咲が立っていた。

「慎十郎さま、明日が本番だというのに、いったい何をしておられるのですか」

「説いている暇はない。鉄炮洲へ行かねばならぬのだ」

「どうして」

「どうしても」

「道はわかっておられるのか」

「何となく」

「仕方ありませんね」

咲は道場へ引っこみ、藤四郎吉光を携えてくる。

そして、何も言わずに手渡すと、すたすた歩きはじめた。

「咲どの、すまぬ」

謝っても、聞こえていないふりをする。

あらかじめ何かあると予測していたのか、髪も装束も男のものだ。

鉄炮洲は、京橋川が江戸湾へ注ぐ出口にある。

神田、日本橋、霊岸島と進んでいかねばならない。

ふたりは押し黙ったまま、暗い往来を足早に歩いた。

小網町《こあみちょう》のあたりからは、冷たい川風に晒《さら》される。

咲に聞かれたら、正直にすべてはなすつもりだ。

それにしても、鉄炮洲に何があるというのか。

香月は何故、斬られたふりをしろと囁いたのだろう。

あれこれ考えていると、咲が足を止めた。

目のまえには、長い橋が架かっている。

「稲荷橋ですよ。橋を渡れば、鉄炮洲稲荷です」

「かたじけない」

たどりついてみれば、何度も通ったことのある道筋だった。

「されば、わたくしはこれにて」

「えっ、いっしょに行かぬのか」

「どうせ、邪魔にござりましょう。眠いので戻ります」

「さ、さようか」

「明日は存分に立ちあいなされ。負ければ丹波道場の名折れ、頂点に立たねば承知いたしませぬよ、ふふ、それでは」

「すまぬ、咲どの、恩に着る」

深々と頭を下げると、咲は風のように去っていった。

橋を渡ると、水に映った月が追いかけてくる。

波除《なみよ》け稲荷の異名で知られる鉄炮洲稲荷の鳥居を潜ると、朱の壁に囲まれた境内の奥に富士塚があった。今から五十年近くまえ、富士山の熔岩《ようがん》を堆《うずたか》く積んで築かれた。

頂上には浅間《せんげん》神社の祠も鎮座している。

その祠のまえに、香月栄は佇んでいた。

慎十郎は息も切らさず、飛ぶように岩山を登りつめる。

「さすがだな。これしきの塚なら、ひとまたぎとみえる」

月影を浴びた香月は、和やかに微笑んでみせた。

慎十郎は険しい顔をつくる。

「こんなところで何をしておるのだ」

「御利益を授けていただけるようにと、祈っておったのさ」

「何の御利益だ」

「それを告げようとおもうてな。ここに立ってみろ」

誘われて立つと、香月は暗い海原に向かって指をさす。

「船灯《ふなあか》りがみえぬか。人足寄場のある石川島の手前あたりだ」

石川島はみえぬが、船灯りなら遠望できる。

「姫路藩酒井家御用達の廻船《かいせん》問屋、瀬戸屋万平《せとやまんぺい》の樽廻船《たる》だ。船奉行は上方の新酒を運んできたものとおもうておるがな、樽のなかには酒の詰まっておらぬものもある」

「酒でなければ、何が詰まっておると」

「今から、それを確かめにまいるのさ」

わざわざ呼んでもらったのはありがたいが、呼ばれた理由がわからない。

わからないなりに考えをめぐらせつつ、一番知りたいことを尋ねてみた。

「香月どの、何故、卑怯な連中の片棒を担いでおるのだ。もしや、あの樽廻船と関わりがあるのか」

「ある。それをおぬしに知ってほしかった」

「何故、わしに」

「何故かはわからぬ。おぬしは息子に優しくしてくれた。だからかもしれぬ」

香月は淋しげに言い、岩山を下りはじめた。

「待ってくれ」

ふたりは境内を突っ切り、朱の鳥居から出て本湊町《ほんみなとちょう》に向かった。

もちろん、この時刻であれば、人影はみあたらない。

だが、しばらく進んで渡し場のそばまでやってくると、荷下ろしにいそしむ人足たちのすがたがみえた。

「あそこだ」

香月は身を屈《かが》め、じっと様子を窺う。

桟橋には荷船が、矢継ぎ早にやってきた。

荷の樽を下ろすと、船はすぐさま引きかえしていく。

おそらく、沖の樽廻船から荷を運んでくるのだろう。

真夜中に荷下ろしをしているところからして怪しい。

「ここで待っててくれ」

荷船が途切れたところで、香月は動いた。

闇に紛れて桟橋へ近づき、四半刻《しはんとき》（約三十分）もせぬうちに戻ってくる。

小脇に木箱を抱えていた。

得意げに蓋《ふた》を開けてみせる。

ふわっと、薬草の匂いがひろがった。

箱に詰まっていたのは、乾燥させた高麗人参だ。

「抜け荷の品さ。これと同じ木箱が、酒樽のなかにぎっしり詰まっておった」

香月はそう言い、木箱の蓋を月影に晒す。

「ほら、この焼き印、何にみえる」

「葵《あおい》のご紋だな」

「さよう、本来なら長崎会所でさばかれねばならぬ唐渡りの品なのさ。箱の中味もさりながら、この木箱の蓋が欲しかった。葵のご紋の焼き印は、抜け荷の何よりの証拠になる」

「おぬし、幕府の隠密なのか」

「ふふ、ちがう。ただの食いつめ者さ」

「ならば何故、このような危うい橋を渡ろうとする」

「仇を討たねばならぬのよ。女房の実兄を罠《わな》に嵌《は》めた悪党に煮え湯を吞ませてやらねばならぬ」

「ひょっとして、そいつは尾形帯刀か」

「ようわかったな。おぬしこそ、幕府の隠密ではないのか」

「そうみえるか」

「みえぬ。だから、誘った」

「それにしても驚いたな。酒井家十五万石の勝手掛が、御用達に抜け荷をやらせておるというのか」

「ああ、そうだ。わしの義兄は尾形帯刀の関与を疑い、瀬戸屋の番頭から秘かに裏帳簿を手に入れた。訴える寸前で発覚し、罪人に仕立てあげられたのだ。わしはそのことを藩を捨ててから知った。義兄は裏帳簿を形見の覚書だと偽り、妹に託しておったのだ。悪事の一部始終を綴《つづ》った文も添えてあった。手を震わせながらその文を読んだとき、わしらは無念を抱いて死んだ義兄上《あにうえ》の仇を討とうと誓ったのだ」

「それで、ひとまずは仇の懐中に飛びこんだというわけか」

「信用されるためには、卑劣なこともやらねばならなかった。されど、もうその必要はない。わしはこの目で、尾形たちの悪事を確かめた。これだけの証拠が揃えば、悪党どもを裁きの場に引きずりだすことができよう」

「わからぬな」

　慎十郎は首を捻る。

「姫路藩の御用達が、何故、高麗人参の抜け荷をせねばならぬ。だいいち、姫路藩は自前の高麗人参をつくっておるはずだ。それなのに、何故」

「人参を高値で売りさばくためだ。このところ国産品は豊作でな、市場に出せば価格は下がる一方になる。それゆえ、わざと売り惜しんで品薄にさせ、価格が高騰するのを待つ。尾形がよくやる手だ。高麗人参にかぎらず、姫玉などの名産品も売り惜しんで品薄にさせている。ただし、売り惜しみは藩の方針でもある。かの寸翁もご存じの禁じ手でな、藩財政を好転させるためなら、背に腹は替えられぬというわけだ」

それゆえ、藩内で生産された人参の数量は厳しく管理されており、ごまかしが利かない。したがって、私利私欲を貪《むさぼ》るためには抜け荷の品をさばいて儲《もう》けるよりほかにないのだという。

「裏帳簿をみると、抜け荷は五年前からおこなわれていた。ちょうど、尾形が勝手掛に抜擢されたころだ。瀬戸屋は新興の商人であったが、尾形に引きあげられて藩の御用達になった。尾形は金の力で揺るぎない地位を築いた。三年以内には江戸家老になるとさえ言われておる。狡賢《ずるがしこ》い手でぼろ儲けした金を、重臣どもに惜しげもなくばらまいておるからさ」

「許せぬな」

「されど、そのことを公儀に知られたくはない。知られれば、藩にも災いはおよぶであろう。殿も無事では済むまいし、それだけは避けねばならぬ」

はなしの筋が、ようやくわかった。

香月は懐中から裏帳簿を取りだし、ぺこりと頭を下げる。

「すまぬが、時が来るまで、これを預かってもらえぬか」

「まあ、それはかまわぬが」

「今は信用されておるが、やつらは疑り深い。証拠の品を手許に置きたくないのだ」

「かしこまった」

「すまぬな、だいじな対抗戦のまえに」

「尾形の息子ではなく、あんたが出れば、姫路は今年も勝ったかもしれぬ」

「尾形左門をみくびってはならぬ。狷介《けんかい》な性分だが、剣の腕は確かだ」

「わしが負けるとでも」

「わからぬ。おぬしが勝つことを期待しておる。いいや、おぬしは勝たねばならぬ。尾形左門に勝って、播州一の剣士になってくれ」

「頂点に立ったら、褒美をくれぬか」

「ん、何が欲しい」

「立ちあうと約束してもらいたい。無論、真剣ではない。素面素小手、竹刀の勝負だ」

「よかろう。その褒美、わしも楽しみにしていよう」

香月が明け方まで居座ると言うので、慎十郎はその場を離れた。

尾形帯刀や御用達の瀬戸屋には腹が立って仕方ないものの、抜け荷の件に首を突っこむつもりはない。香月の領分だ。助けてほしいとは、つゆほども考えておるまい。

「わしはわしのできることをやればよい」

沖合に目を向ければ、空がわずかに白んでいる。

「ふわっ」

欠伸《あくび》が出てきた。

一睡もできなかったが、後悔はしていない。

「眠気覚ましに、暴れてやるか」

慎十郎は決意もあらたに、ぐいと胸を張って闊歩《かっぽ》しはじめた。

十

鶏声ヶ窪、姫路藩酒井家下屋敷。

朝から雲ひとつない晴天となった。

慎十郎は少しも眠気を感じない。

興奮しているせいだ。

すでに、対抗戦は始まっている。

選ばれた剣士たちは大部屋に控え、緊張の面持ちで出番を待っていた。

じっと瞑目する者もいれば、素振りを繰りかえす者もある。誰もがみな、藩の命運を託されていた。期待が重圧となって襲いかかり、平常心ではいられなくなっているようだ。

そうした連中を横目にしつつ、慎十郎は咲の握った結びを頬張っている。

昨夜の月のように不格好な結びには、梅干しがごろんと入れてあった。

咲は結びだけでなく、摩利支天《まりしてん》のお守りを襟元に縫いこんでくれた。

「酸っぱいのう」

満足げに口をすぼめたところへ、大きな人影が近づいてくる。

姫路藩酒井家の代表、尾形左門だ。

縦も横も大きく、みてくれは慎十郎と並んでも遜色《そんしょく》がない。

「くはは、ふん、莫迦どもめ、今さらじたばたしても遅いわ」

他人を見下す態度は生来のものだろう。

が、所作に隙はない。剣の力量は申し分なさそうだ。

「おぬしが毬谷家の三男坊か。穀潰《ごくつぶ》しゆえ、勘当されたらしいな。何故、この場におるのだ。播州一を決める由緒ある剣術試合に、何故、龍野のお家を捨てた者がまじっておる」

「他藩の者にとやかく言われる筋合いはない」

「いいや、言わせてもらう。おぬし、道場破りで名を売ったらしいな。この場は遊びではないぞ、図に乗るなよ」

「図に乗ってなどおらぬわ」

「ふん、鼻っ柱だけは強そうだな。まあ、せいぜい、気張ってみることだ。わしのもとまで勝ちあがってこられたら、褒めてつかわそう」

「おぬしもな」

「田舎者め、ほざいておれ」

言いたいことを言い、尾形は控え部屋から出ていった。

入れちがいに、敗れてぼろぼろになった者が戸板で運ばれてくる。

どうやら、赤穂藩森家の代表剣士らしい。

「明石の高島にやられた。一本目で肋骨《ろっこつ》を折られ、二本目で脳天を砕かれた。竹刀とは申せ、無体なことをする」

ぱっくり割れた額から、血が流れていた。

「檜舞台《ひのき》は血だらけよ」

世話役の藩士たちが怒りをぶちまける脇で、負傷した男が痛そうに呻《うめ》いている。

「まるで、戦さ場のようじゃな」

誰かが言った。

さよう、ここは戦さ場なのだ。

生死を賭けてのぞまねば、勝ちを得ることなどできぬ。

覚悟をあらたにしたところへ、陣太鼓の音が響いてきた。

――どん、どん、どん、どん。

次戦の開始を告げる合図だ。

「龍野藩脇坂家、毬谷慎十郎どの」

お呼びが掛かった。

慎十郎はのっそり立ちあがり、控え部屋をあとにする。

表舞台に参じると、上覧席には十藩の殿さまたちがずらりと居並び、重臣たちが鮨《すし》詰《づ》めに座っていた。

脇坂安董の凜々しいすがたもある。

隣に座った気弱そうな若殿は、姫路藩の酒井忠学であろう。

安董の背後には、髪も髭も白い赤松豪右衛門が控えている。

檜舞台は縦横に延び、玉砂利を敷きつめた庭へ飛びおりてもよい。

庭には築山《つきやま》や泉水もあり、錦鯉《にしきごい》の泳ぐ泉水には朱の太鼓橋も架かっていた。

見事な枝振りの松には雪吊りの仕掛けがほどこされているものの、今年はまだ雪をみていない。

高い塀際には、各藩の番士たちが控えていた。

石動友之進の顔もある。

おそらく、祈るような気持ちでみつめているにちがいない。

対戦相手は、舞台の中央で待ちかまえている。

三日月藩森家の馬廻り役、梁川翔馬であった。

みるからに俊敏そうな手合いだが、慎十郎は梁川の外見などみていない。

眸子の奥に潜む心の動きを探っている。

わずかな所作の内に、魂の揺れを感じとっていた。

梁川には、微《かす》かな怯《おび》えがある。

殿さまや藩士らの過度な期待が緊張をもたらし、負けたくないというおもいが怯えを抱かせるのだ。

一方、慎十郎には藩という余計な縛りがない。

ただ、勝つことのみを考えている。

「柳生家の秘伝書にこうある」

と、一徹は教えてくれた。

「『敵何ように打とうとも、小太刀を突っ立て千変万化にもかまわず、太刀のぴかりとするところへ初一念を直ぐに打ちこむべきなり』と。生死の岸頭に立てば、小手先の技は通用せぬ。なるほど、柳生新陰流の奥義である転は変転自在の心のありようをしめすのであろうが、肝要なのは気迫じゃ。岩をも貫かんとする捨て身の一撃を浴びせることじゃ」

捨て身の打ちこみを躱されれば、すかさずにまた打ちこむ。

「ただ、打ちこむのみ。それだけのことじゃ」

一徹の教えが耳に蘇ってくる。

突如、行司役の声が轟いた。

「双方、いざ、立ちませい」

青眼に構えた梁川が、じっとこちらの出方を窺っている。

懸待《けんたい》の構え、後手必勝を狙っているのはあきらかだ。

天心流にもある転の奥義とは、相手の攻めを受けながし、切りかえすことにほかならない。

誘い、受け、切りかえす。

柳生十兵衛《じゅうべえ》三厳《みつよし》はこれを「三の数」と呼び、必勝の理合と断じたが、もとより、実力に格段の差がある相手には通用しない。

「ふおっ」

慎十郎は吼《ほ》えた。

と同時に、乾坤一擲《けんこんいってき》の突きを繰りだす。

――ばすっ。

梁川は受けることもできず、後ろに三間（約五・五メートル）余りも吹っ飛び、舞台から消えた。

勝負は素面素小手でおこなわれ、喉《のど》と股間《こかん》への突きだけは禁じられている。

慎十郎の繰りだした竹刀の先端は、相手の胸を突いていた。

あまりの衝撃に梁川の呼吸は止まったが、これをすかさず蘇生《そせい》させたのも慎十郎であった。

心ノ臓を拳でどすんと叩き、両頬に平手打ちをくれた。

荒っぽいやり方だが、理にかなっている。

申しあいは三本のうち二本取ったほうの勝ちとされていたが、梁川に二本目を闘う余力は残されていなかった。

「勝負あり」

行司が遅れて発すると、上覧席からどよめきが起こった。

突き一本で勝った毬谷慎十郎の実力は本物であると、誰もがみとめたのである。

二戦目の相手に決まった明石藩松平家の高島周作は、それでも余裕綽々《しやくしやく》の様子で控えていた。

おのれの使う居合は、並の剣術とはちがう。

しかも、高島には藩の看板を背負っているという気持ちがない。

何となれば、姫路藩の者から秘かに金子を貰っているからだ。

無論、それを知る者は周囲にいない。

金子を渡したのは、尾形家用人頭の仁村弥左衛門であった。

すでに、前金の五十両は貰っている。

慎十郎を倒せば、約束した残りの五十両も手にできる。

忠義と金を天秤《てんびん》に掛け、高島はあっさり金のほうを選んだ。

哀れな男だが、なかなか出世させてくれない藩への仕返しでもあった。

いずれにしろ、そうした性根で慎十郎に勝てるはずはない。

二戦目の舞台に立ったとき、慎十郎は小手先の技に執着する高島の悪癖を見破っていた。

こちらも勝負は一瞬である。

始まりの声が掛かるや、慎十郎は猿のごとく駆けより、受けにまわった相手の小手を熾烈《しれつ》な一撃で叩き折った。

「ぐぶっ」

高島は呻いたきり、床に蹲った。

小手の骨を折られ、激痛のせいで気を失ったのだ。

勝負は続行不能となった。

またも、一本勝ちである。

姫路藩の連中は、さすがに動揺を隠しきれなかった。

蒼醒《あおざ》めた忠学の隣で、安董は満足げに微笑んでいる。

後ろの豪右衛門は安堵の溜息を吐いたが、友之進は膝の震えを抑えきれない。

気力の充実した慎十郎の強さは尋常でなく、遥《はる》かに想像を超えていた。

一方、反対の山を順当に勝ちあがってきた尾形左門は、憤懣《ふんまん》やるかたない様子であった。

用人頭の仁村に命じて怪我《けが》を負わせたはずなのに、慎十郎にはその影響が微塵《みじん》もみられない。刺客として差しむけた香月栄への不審を募らせながらも、尋常な勝負にのぞむべく、控え部屋で素振りを繰りかえしている。

ともあれ、機は熟した。

いよいよ、勝負は一戦を残すのみ。

夕陽は西に大きくかたむいていったが、時の流れは止まったかのようだった。

十一

誰ひとり、席を立とうとする者はいない。

すでに敗戦を喫した藩の殿さまや重臣たちも、勝負の行方を見届けんとして、じっと舞台をみつめている。

下馬評どおりに勝ちあがってきた尾形左門より、慎十郎のほうに魅了されていた。

迷いのない一撃に酔っている。

と同時に、慎十郎の放つ気迫に呑まれていた。

百戦錬磨の安董でさえ、正直、呑まれかけている。

じつは、豪右衛門を通じて、気になる噂を耳にした。

姫路藩の重臣が高麗人参の抜け荷に手を染めているというものだ。

藩ぐるみで抜け荷がおこなわれている証拠があがれば、姫路藩十五万石は針の筵《むしろ》に座らされる。播州隣藩の誼で救ってやりたいが、幕閣の柱石を担う老中としては情に流されるわけにいかない。

安董は、但馬国出石藩における仙石騒動の裁定をおもった。老中首座の松平康任を、悪事に荷担したとして隠居謹慎に追いやったのだ。老中罷免という離れ業をやってのけた安董は公方家斉に気に入られ、老中に抜擢された。

いっさいの妥協を許さぬ厳格さから、安董を「辰《たつ》ノ口《くち》の不動明王」と呼ぶ者もある。築きあげた信用を損なうわけにはいかぬ。いや、おのれのことより、幕府の威厳を保たねばならぬ。

証拠さえ揃えば、姫路藩と藩主忠学に厳しい処分を下さねばなるまい。

それゆえ、隠密を潜りこませ、抜け荷については慎重に調べを進めている。

どうやら、勝手掛の尾形帯刀が抜け荷に関わっているらしかった。

息子の左門が勝ったときは諸手をあげて喜び、慎十郎の勝ちには歯軋りをする。

寸翁の後継者と目されているわりには、器の小さい人物に感じられた。

安董は豪右衛門から、小野藩と山崎藩の藩士が何者かに怪我を負わされたことも聞いている。確たる証拠はないので、尾形父子の差し金かどうかはわからぬが、かりにそうであるならば許されることではない。

いずれにしろ、慎十郎にはすっきり勝ってもらい、この場は溜飲《りゅういん》を下げたいと望んでいた。

勝ちのこったふたりのすがたは、夕陽に赤く染まった舞台上にある。

慎十郎の懐中には、一枚の書が忍ばせてあった。

――捨身《しゃしん》。

とある。

骨のようにごつごつとした細い字は、父慎兵衛の筆跡だ。

紙がぼろぼろになっても、この書だけは捨てられない。

――捨身。

身を捨てて藩に奉公せよと、父は諭したかったにちがいない。

だが、慎十郎にとって「捨身」は剣理にほかならなかった。

生きるための指針である。

捨身の気構えこそが、みずからの真骨頂なのだ。

咲は教えてくれた。

「獅子王剣は地に伏せた獅子が瞬時に獲物を狙う奇抜の剣、鳥王剣は九万里の大地を覆って龍を餌とする金翅鳥《きんしちよう》が羽音を響かせて迫る落下の剣。いずれも無外流の奥義なれど恐れるに足りず、おのれを信じて一刀を打ちこむのみ」

また、香月栄は「強い相手に勝ちたいなら、不動心を磨き、木鶏になることだ」と言った。

骨身にしみたことばを、慎十郎は念仏のように唱えた。

「木の鶏は気配を悟られぬ。気配の無いものを斬るのは難しい。たとい、目でみえていたとしても、気配を感じなければみていないのと同じ」

無念無想という四字ほど、今のおのれにふさわしい境涯はない。

慎十郎は木鶏となった。

「双方、いざ、立ちませい」

行司役の合図で、双方はじりっと間合いを詰める。
尾形は八相に構え、こちらの出方を見定めた。
定石どおり、後の先を狙っているのだ。
木鶏となった慎十郎には、剣理の根本がよくみえる。
先とは後先のことではない。
相手の動きに合わせることでもない。
みずからの丹田に潜む剣気を探り、その発火する刹那をとらえることだ。
発火と同時に、放たれた気迫は相手を丸吞みにする。
無念無想の一刀が大地をまっぷたつに割るのである。
「ずりゃ……っ」
慎十郎の雄叫びは、姫路藩邸の大屋根を揺さぶった。
尾形左門は、打つべき影を見失う。
木鶏ゆえに、みえぬのだ。
慎十郎の身は、遥か頭上にあった。
金翅鳥のごとく両手をひろげ、凄まじい勢いで落下してくる。
「はあ……っ」

大上段から打ちおろされた一撃を躱す術はない。
「ぬわっ」
尾形は十字に受けた。
――ばしっ。
木片が飛びちる。
つぎの瞬間、尾形左門の首が肩にめりこんだやにみえた。
受けたはずの竹刀もろとも、頭蓋《ずがい》に叩きおろされている。
月代《さかやき》には島津《しまづ》家の家紋に似た十字の痣《あざ》が浮かんでいた。
尾形左門は白目を剝き、木偶《でく》の棒となって倒れていく。
――どしゃ。
背中が床に打ちつけられるや、濛々《もうもう》と埃が舞いあがった。
深閑としたなかに、行司の掠《かす》れた声が響く。
「……しょ、勝負あり」
わあっと、歓声があがった。
龍野藩脇坂家の主従だけではない。
負けた姫路藩酒井家の者を除く全員が歓喜に浸っていた。

勝利の味とは、これほど格別のものなのか。

慎十郎は歓呼と賛辞を洪水のごとく浴び、得も言われぬ喜びを感じた。

「闘神が微笑んでくれたのだ」

襟元のお守りを握り、咲に感謝を捧げる。

一徹や香月にも感謝せねばなるまい。

「慎十郎、ようやった」

気づいてみれば、友之進が目のまえに立っている。

涙ぐみながら、自分のことのように喜んでいるのだ。

上覧席では安董と豪右衛門が、金色の扇を振っていた。

「誉れじゃ、藩の誉れじゃ」

と、豪右衛門は叫んでいる。

杏色《あんずいろ》の夕陽は赫奕《かくえき》と輝き、勝者の横顔を染めていた。

播州一の称号を冠され、今宵くらいは美酒に酔っても叱られまいと、慎十郎はおもった。

十二

昨夜は芝口の龍野藩下屋敷で祝賀の宴が催され、慎十郎は藩主の安董ともども美酒に酔いしれた。褒美は静乃にひと目逢わせてやるというものであったが、豪右衛門は忘れたふりをしていた。もっとも、無縁坂の丹波道場から恩師の一徹と咲も呼んだので、慎十郎としても褒美を強いる気はなかった。咲の目が恐かったのである。

翌朝になり、慎十郎は箱崎町の長屋へ足を向けた。

まっさきに勝利を報せたかった香月栄のもとへ行き、約束どおりに立ちあってもらおうとおもったのだ。

空は分厚い雲に覆われ、襟を寄せねば歩けぬほどの北風が吹いていた。

風が少しおさまると、こんどは氷雨が降ってくる。

道端に濡れた子犬が震えていた。

親を失った白い子犬だ。

そっと近づき、抱きあげて胸で暖める。

小さな震えが伝わり、可哀相《かわいそう》で仕方ない。

子犬を抱いて長屋の木戸門に近づくと、何故か、白張りの提灯《ちょうちん》がぶらさがっている。

胸騒ぎに襲われた。

門を潜ると、抹香臭い。

長屋の連中は大人も子どもも、奥の部屋へ出入りしている。

香月の部屋だ。

「……ま、まさか」

心ノ臓がばくばくし、喉が渇いてくる。

数珠を握った黒紋付きの男が立っていた。

大家にちがいない。

「おい、何があった」

襟首を摑む勢いで尋ねると、大家は声を震わせた。

「昨晩遅く、香月さまが殺《あや》められたんですよ。ひとつ向こうの四つ辻《つじ》でね。町方の旦那は物盗りの仕業だって仰ったけど、とてもそうはおもえない。ほとけは膾《なます》に刻まれていたんだ。ご自身の目で確かめてみなさるといい」

慎十郎は、抱いていた子犬を大家に押しつけた。

「米のとぎ汁でも呑ませてやってくれ」

振りむいて敷居をまたげば、焼香に訪れた連中がそそくさと居なくなる。

ほとけは薄い布団に寝かされ、顔には布が掛けてあった。

線香の煙が頼りなさそうに揺らいでいる。

枕元《まくらもと》には妻の八重と栄太郎が並んで座っていた。

「ごほっ、ごほっ」

八重は俯いて咳きこみ、顔をあげることもできない。

栄太郎は泣きもせず、口を真一文字に結んでいた。

「香月どの」

慎十郎は声を絞りだし、這うように枕元へ躙りよる。

許しも得ずに布を外し、土気色の顔を睨みつけた。

眉間に刻まれた深い皺のせいか、穏やかな表情とは言えない。

首筋に惨《むご》い傷跡があった。

「毬谷さまでござりますね。どうぞ、存分にご検分ください」

八重がか細い声で喋りかけてくる。

慎十郎はうなずき、死者の纏う着物の襟を左右にひらいた。

「うっ」

斬り傷や刺し傷が無数にある。

大勢に襲われたことは一目瞭然《いちもくりょうぜん》だった。

「毬谷さまのことは、故人から聞いております。裏帳簿を預かっていただいていること も」

八重は意志の籠もった目でみつめてくる。

香月から預かった裏帳簿は、実兄が尾形帯刀の悪事をあばくために命懸けで入手したものだ。八重にとってみれば、命よりもたいせつな代物にちがいない。

「万が一のときはこれをお渡しするようにと、香月に言いつかりました」

八重は床板を外して風呂敷包みを取りだし、枕元でひろげてみせた。

見覚えのある木箱と文が添えてある。

木箱の蓋に葵の紋所をみつけ、八重は目を丸くした。

「知らなんだのか」

「……は、はい。今はじめて包みを解きましたゆえ」

慎十郎は文をひらき、ざっと目を通す。

――万法帰一刀《ばんぽういつにきすのかたな》と申すは姫路藩酒井家の重臣尾形家代々に伝わる無外流居合の秘技にて候。念流の無構えにも似て、刀を無造作に提げて身を斬ってくれと言わんばかりに晒し、対手が斬りこむ刹那をとらえて、電光石火、真横に薙ぎはらう技なり。熟達すれば秘技となるも、未熟ならば愚者のごとく斬られるのみ。無外流は禅そのもの、座禅三昧により気を練りあげ、木鶏にならんと欲すべし。そは一偈の剣に熟達する唯一の道にて候。

香月は「一偈の剣」の極意を淡々と記している。

ほんとうならば、直に立ちあって伝授したかったにちがいない。

死を予感していたのだなと、慎十郎はおもった。

八重は言う。

「故人が申しておりました。『信頼は培うものだが、ごく稀《まれ》にそうでないことがある。出逢った刹那に天啓のごとく響きあう相手もいる』と。毬谷さま、ご迷惑をお掛けすることは重々承知のうえでお願い申しあげます。わたくしたち母子には、毬谷さま以外に頼るお方もございませぬ。どうか、どうか、香月栄の無念をお晴らしくださりませ」

母が床に両手をつくと、かたわらの栄太郎もまねをする。

くっと顔をあげ、こちらを睨みつける眼差《まなざ》しは、父親のものとそっくりだ。

「性根が据わっておるな」

と、慎十郎は褒めてやった。

妻女に頼まれずとも、香月の仇は討ってやるつもりだ。

悪党どもの化けの皮を剝がし、引導を渡してやらねばなるまい。

慎十郎は木箱の蓋を外し、なかに詰まった高麗人参をごっそり取りだした。

「これはご妻女に必要なものだ。木箱だけ貰っておこう」

「えっ」

「遠慮はいらぬ。香月どのも、そう望んでおる」

「されど」

「よいか、ご妻女。栄太郎には剣士の資質がある。目をみれば、拙者にはすぐにそれとわかるのだ。栄太郎はいずれ、父をしのぐ剣士になろう。ご妻女は心を強くして生き、栄太郎の行く末を見定めてやらねばならぬ」

「……あ、ありがとう存じます」

床に額を擦りつける八重とほとけに礼をし、慎十郎は敷居の外へ出た。

「あっ」

氷雨に代わり、白いものがちらちら落ちてくる。

「初雪にございますなあ」

さきほどの大家がつぶやいた。

腕に子犬を抱いている。

「温かいものを呑ませたら、ほらこのとおり、すやすや眠っちまいました」

後ろの気配に振りむくと、戸口から栄太郎が顔を出していた。

大家の抱く子犬を、物欲しそうにみつめている。

慎十郎は子犬を抱きあげ、栄太郎の腕に渡してやった。

「おぬしと同じで、こいつも親を失った。面倒をみてやるか」

「はい」

嬉々として発する栄太郎を眺めていると、涙が止まらなくなってしまう。

大家も泣いていた。

長屋の連中も泣いている。

香月はきっと、この長屋に馴染《なじ》んでいたのだろう。

「穏やかで頼りになるおひとでした」

大家は口惜しそうにこぼしたが、おそらく、香月栄が首切り役人だったことを知る者はおるまい。

侍とは悲しいものだ。

清貧に身を置きつつも、矜持を保たねばならぬ。

矜持を保つためならば、命を投げだしてでも全うしなければならぬことがある。

長屋の連中は、香月には為すべきことがあるとおもっていたにちがいない。

その人となりや所作から、人生を諦めた落ちぶれ侍ではなく、紛うことなき立派な侍として認めていたからこそ、その死を惜しみ、敬意を払うのだ。

雪はまだらになり、長屋を真っ白に変えていく。

慎十郎はどぶ板を踏みしめ、鉛のような足を引きずった。

木戸門のところで振りむくと、子犬を抱いた栄太郎が身を乗りだしている。

「強く生きろ。それが父の望みだ」

慎十郎はつぶやき、長屋をあとにした。

十三

翌々日、二十三日夕刻。

慎十郎は友之進に手伝わせ、尾形家用人頭の仁村弥左衛門を拐《かどわ》かした。

尾形主従が姫路藩の上屋敷から対抗戦の催された鶏声ヶ窪の下屋敷に出向いていることは、あらかじめ友之進が調べておいたのだ。

大胆にも下屋敷の門前で仁村を待ちぶせて拐かし、早桶《はやおけ》に押しこんで中山道を西に向かった。

途中、巣鴨《すがも》の霊感院《れいかんいん》へ向かう左手の横道にはいる。

霊感院は時の鐘を鳴らすところで、境内には子育て稲荷もあった。そのゆえ、稲荷小路と名付けられた横道を進めば、今は荒れ地と化した田圃《たんぼ》に出る。

田圃の一角に、こちらも使われていない水車小屋があった。

友之進が物色しておいた場所だ。

抗う仁村を水車小屋へ連れていき、壊れかけた水車に縛りつけた。

水責めである。

小雪がちらつくなか、凍てつく水に浸けられれば、死んだほうがましな気分になる。半刻も経たぬうちに、仁村は香月栄殺しを認め、尾形帯刀に命じられてやったと白状した。食いつめ浪人を十人ほど雇い、香月を長屋のそばで待ちぶせて囲み、虫けらも同然に殺めさせたのだ。

「あやつめ、抜け荷を探っておったからだ」

と、仁村は殺した理由を苦々しげに吐いた。

怪しい動きをしていたので疑いを抱き、秘かに見張りをつけた。

香月の狙いがわかってからは、始末する機会を窺っていたという。

もちろん、仁村は抜け荷のからくりも詳しく知っていた。

香月が描いていたとおり、藩ぐるみの悪事ではないということもわかった。

あくまでも、藩の財布を握る尾形帯刀が御用商人の瀬戸屋と結託してやったことだ。

――ぎっ、ぎっ。

風に揺れる水車の軋みが聞こえてくる。

濡れ鼠《ねずみ》で震える仁村は、小屋の片隅で気を失いかけていた。

慎十郎は怒りを抑えきれない。

「早まるなよ」

友之進に窘められた。

「わしは今からあやつを連れ、辰ノ口の藩邸に戻る。おぬしから預かった裏帳簿と葵のご紋付きの木箱もあるゆえ、瀬戸屋の罪は証明できよう。瀬戸屋を捕らえて厳しく責めれば、尾形帯刀の罪もあきらかになるにちがいない。それまでの辛抱だ。今しばらく待て。隠忍自重せよ」

「何故、おぬしの指図を受けねばならぬ。隠忍自重などと、まどろっこしいことを言うておったら、悪党を逃してしまうぞ。わしは今から、姫路藩邸へ乗りこむ」

「待たぬか。殿の御指図を仰ぐのだ」

「嫌だね」

拒んでみせると、友之進は目を剝いた。

「無謀だぞ。死ににいくようなものだ」

「尾形帯刀を誘ってやるだけさ。藩邸では刀を抜かぬ」

「どうやって誘う」

「面と向かって、取引を持ちかけるのさ。高麗人参の抜け荷を公儀に訴えられたくなければ、五百両払えと囁く。用人頭の身柄を押さえていると脅せば、いかな狡賢い狐でも乗ってこざるを得まい」

「かりに誘いだすことができたとしても、命の保証はできぬぞ。聞くところによると、尾形帯刀は藩内屈指の遣い手らしい。無外流の居合だ。息子の左門も父親には歯が立たぬとか」

慎十郎は、太い眉をぐっと寄せる。

香月の遺言が脳裏を過《よ》ぎったのだ。

「無外流の居合と申したな」

「さよう、秘伝の居合技があるらしい。姫路藩では尾形帯刀だけがその秘技を会得していると聞いた」

「万法帰一刀のことか」

「何故、おぬしが知っておる」

驚く友之進に向かって、慎十郎は不敵な笑みを浮かべた。

「ある方に教えていただいたのさ」

「ある方」

「香月どのだ。文を遺してくれた。あれはたぶん、尾形帯刀と勝負するにあたっての心構えを説いたものであろう」

「心構えだと」

「ああ、木鶏になれと記されておった」

友之進は首を横に振る。

「心構えだけでは勝てぬぞ」

「わかっておる。されど、わしは行かねばならぬ」

「悪党どもを斬ったところで褒美は出ぬぞ」

と、友之進は吐きすてる。

「むしろ、殿はお怒りになられるであろう。何故、すみやかに捕らえ、白洲《しらす》に引きずりださなんだとな」

「ふん、悪党どもの行きつく先は土壇だ。本来なれば、香月どのが尾形帯刀の素首を斬りたかったにちがいない」

「おぬし、香月栄の仇を討ちたいのか」

「今ごろわかったか、鈍い男よのう」

友之進は、あくまでも食いさがる。

「わしにはわからぬ。香月栄とは薄い縁のはずだ。何故、おぬしが命を懸けねばならぬのだ」

「わからぬ。もしかしたら、こういうことかもしれぬ」

慎十郎は懐中から、ぼろぼろになった紙を取りだした。

――捨身。

とある。

骨のように節くれだった筆跡ならば、友之進もみたことがあった。

「おぬしもよう知っておる頑固親爺《おやじ》が書いた。どんなつもりで書いたのか、わしにはわからぬ。捨身とは仏語でな、見返りを求めず誰かのために身を捨てる崇高な覚悟のほどを説いた教えだ。小難しいことはわからぬ。されど、誰かのために身を捨ててもよいという気分はわかる。わしは香月栄の志に感銘を受けた。その死に様に怒りを感じた。それだけで充分だろう。命を懸ける理由なんざ、ほかにない」

「あいかわらず、考えの浅い男だ」

友之進は皮肉を発しつつも、赤の他人のために命を懸ける慎十郎の俠気《きょうき》を尊いと感じた。通常から抱いている嫉妬や憎悪に近い感情も、不思議と今は些末《さまつ》なことのようにおもわれてくる。

「もう、何も言うまい。慎十郎、おぬしが死んだら、わしが骨を拾ってやろう」

「莫迦を言うな。わしが死ぬとおもうか」

「おもわぬ。されど、気をつけよ」

「わかっておる」

「死ぬなよ」

友之進は正直な気持ちを伝えると、仁村を後ろ手に縛って引ったて、小屋から出ていった。

外はすっかり暗くなり、さきほどから風花が舞っている。

「そろそろ行くか」

慎十郎は肩をそびやかせ、ぎしぎしと軋む水車に背を向けた。

十四

子ノ刻、背には富士が聳《そび》えている。

姫路藩邸に近い小石川白山権現《はくさんごんげん》の奥、浅間神社の祠を戴いた小高い熔岩山のことだ。

このあたりでは駒込《こまごめ》富士がよく知られており、府内では富士講の中心になっている。

だが、白山権現の富士もその威容は負けていない。積みあげられた熔岩のひとつひとつに霊気が宿っているかのようで、そばに身を置いただけでも五体から泉のごとく力が湧きでてくる。それゆえ、この場所を選んだ。

風花は舞っているのに、月が煌々《こうこう》と輝いている。

代待ちの願人坊主が心待ちにする真夜中の月だ。

心中を扱った人形浄瑠璃《じょうるり》に、よく知られた一節がある。

「二十三夜の代待ちや、門の通りはまだ四つ」

慎十郎の声がわずかに震えているのは、寒さのせいではなく、武者震いのせいであろう。

香月栄は「万法帰一刀」という無外流の秘技を「念流の無構えにも似て、刀を無造作に提げて身を斬ってくれと言わんばかりに晒し、対手が斬りこむ刹那をとらえて、電光石火、真横に薙ぎはらう技なり」と教えてくれた。

返し技を繰りだすにはまず、元になる流派の秘技に熟達しなければならない。それは慎十郎の修めた雖井蛙流の常道でもある。「一偈の剣」に熟達するには「座禅三昧により気を練りあげ、木鶏にならんと欲すべし」と香月は書き遺したが、慎十郎に気を練りあげる余裕はない。

今ある力を全身全霊でぶつけるのみと、そうおもっている。

水車小屋を出たその足で、慎十郎は姫路藩の下屋敷を訪ねた。

堂々と名乗り、対抗戦で傷を負わせた尾形左門の見舞いに来たと告げると、門番はすぐに取りついでくれた。

左門はいざ知らず、父親の帯刀は会うだろうとの確信があった。剣の道を志したことのある者ならば、無類の強さをみせた慎十郎に興味を持たぬはずはない。しかも、禅との関わりが深い無外流を修めた者ならば、問答のひとつも交わしたくなるはずだ。

予測は当たり、尾形帯刀は敷地内の私邸へ慎十郎を招いた。

といっても、庭先である。

帯刀は濡れ縁に陣取り、かしこまる慎十郎を上から睥睨《へいげい》した。

頭に布を巻いた左門もすがたをみせたが、病人のように弱々しくなっていた。

「見舞う気があるなら、こやつを斬ってくれぬか」

帯刀は冗談とも本気ともつかぬ台詞を吐き、意気消沈した息子をすぐに奥へ退がらせた。

「敗者というより、生ける屍《しかばね》じゃ。あやつは、ああなるべくしてなった。おぬしは強かった。おそらく、播州では敵無しであろう。ただし、わしを除いてのはなしだがな」

慎十郎の眸子がきらりと光った。

尾形帯刀に取引は必要ないと察したのだ。

「されば、それがしと真剣で勝負いたしませぬか」

挑むような眸子で誘うと、帯刀はわずかに動揺してみせた。

「なにっ、真剣じゃと」

「はい。どちらが紛うことなき播州一の剣客か、はっきりとさせとうござる。今宵、白山権現の奥にてお待ち申しあげる。真夜中の月が出るまでお待ちしましょう。お出でにならぬときは臆《おく》したと判じ、播州一の名はそれがしのものに」

帯刀は眉を吊りあげつつも、弾けるように嗤った。

一転して真顔になり、しっかりうなずいたのである。

慎十郎は月を見上げ、夜空に浮かんだ香月の面影に勝利を誓った。

と、そこへ、人影が近づいてくる。

尾形帯刀だ。

ひとりでやってきたのは、剣士としての矜持があるからか。

歩を進めながら、帯刀は羽織を脱ぎ捨てた。

十間ほどの間合いまで近づき、足を止める。

「待たせたな、小僧」

地の底から響いてくるような重厚な声だ。

よくみれば、鬼瓦《おにがわら》のような顔をしている。

「突き、小手打ち、面打ち、おぬしの太刀行は目に焼きついておる。なるほど、剛直な剣だが、力任せの感は否めぬ。竹刀では通用しても、真剣では通用せぬぞ」

「されば、力を抜いて進ぜましょう」

慎十郎は小柄を抜き、右肩にぐさりと刺した。

「なっ」

さすがの帯刀も驚き、身を仰け反らす。

慎十郎は小柄を捨てた。

肩から血が流れても、平然としている。

「おかげで力が抜け申した。いざ」

ぐっと身を沈めると、帯刀は首を左右に振った。

両手をだらりと下げ、静かに呼吸を繰りかえしながら丹田に気をためている。

腰の刀は短く、居合に適している。おそらく、二尺に満たないほどだろう。

練られた気が放たれた瞬間、どちらかが地べたに横たわっているはずだ。

慎十郎はつぶやいた。

「罪深き男よな」

「何だと。この期に及んで世迷い言か」

「いいや、世迷《よま》い言《ごと》ではない。高麗人参の抜け荷のこと、元首切り役の香月栄を殺めたこと、仁村弥左衛門がすべて吐いた」

「何じゃと」

「言い逃れはできぬ。おぬしが汚れた手で築いた富も地位も、すべて水泡に帰すであろう。それが悪党の運命《さだめ》」

「……だ、黙れ、下郎」

「ふふ、肩に力がはいっておるぞ。その調子では万法帰一刀も繰りだせまい」

「こやつめ、もはや、我慢ならぬ」

動揺のあまり、帯刀はしてはいけないことをした。

刀を抜いたのだ。

鞘の内で勝負する居合の遣い手が抜いてしまったのである。

勝負はみえた。

「われ木鶏なり」

慎十郎は静かに発し、瞑目《めいもく》する。

豁然《かつぜん》と目を見開くや、土を蹴りあげた。

「いや……っ」

放たれた矢のごとく、生死の間境を踏みこえる。

電光石火、突くとみせかけ、薙ぎはらう。

「ひょ……っ」

帯刀の首が飛んだ。

大きく弧を描いて浅間神社の祠にぶつかり、岩山を転がりおちていく。

一瞬の攻防だった。

首無し胴は仁王立ちしたまま、ぼうぼうと血を噴きあげている。

「成敗つかまつった」

慎十郎は月に吼え、ぶんと血振りを済ますや、見事な手並みで納刀する。

と同時に、尾形帯刀の首無し胴は凍てつく地べたに倒れていった。

十五

三日後。

冬晴れの朝、慎十郎は箱崎町の長屋へ足を向けた。

香月栄の初七日なので、線香をあげにきたのだ。

門を潜ると、貧乏長屋はいつになく華やいだ空気に包まれていた。

場違いな商人たちが黒紋付きを羽織り、手土産を抱えて出入りしている。

向かうさきはあきらかに、香月の妻子が暮らす部屋だった。

首をかしげながら足を運んでみると、貢ぎ物が山と積まれている。

抹香臭い部屋には不釣りあいな菓子や乾物などで、すべて大家が引きとろうと手ぐすねを引いていた。

黒羽織を纏った八重は、慎十郎を待ちかねていたように出迎えてくれた。

栄太郎もきちんとかしこまっているものの、膝には白い子犬を抱いている。

慎十郎が焼香を済ますと、八重が静かに語りかけてきた。

「昨日、姫路藩邸からお使いがみえられ、亡くなった兄の名誉が回復され、実家の再興が許される運びとなった旨の内示がございました。それとともに、夫の御霊も姫路藩の菩提寺に弔うことが許され、わたしたち遺族も藩邸内の徒士《かち》長屋へ移るようにとのご指示がございました」

「そうでしたか。いや、よかった」

八重の兄と香月栄の隠密働きが評価されたのだ。そうでなければ、一度藩籍を離れた者が厚遇で迎えられることはあり得ない。むかしつきあいのあった商人たちが復縁のはなしを耳にし、さっそく挨拶にきたらしかった。

「夢でもみているような心持ちにござります。親戚《しんせき》の者も久方ぶりに訪ねてまいりました。何でも、次席家老の尾形帯刀さまは急死なされたとか。御用商人の瀬戸屋が捕縛され、悪事の全容があきらかになれば、尾形家は改易を免れぬとも聞きました」

「それは重畳《ちょうじょう》」

「毬谷さま、ご存じのとおり、尾形帯刀は憎き仇にござりました。先日は取り乱してしまい、縁もゆかりもない毬谷さまに、とんでもないことを口走ってしまいました。まさか、ほんとうに願いをかなえてくださるとは……毬谷さま、兄と夫の無念を晴らしてくださったのですね」

慎十郎はにっこり笑った。

「わしは何もしておらぬ。悪事はあばかれるべくしてあばかれ、悪党は死ぬべくして死んだ。すべては香月どののお手柄にござる」

「……うっ、うう」

八重は畳に俯して泣いた。

栄太郎は表情も変えず、母の肩をさする。

慎十郎はそっと離れ、部屋から外へ出た。

そこに、髪も髭も白い老人が佇んでいた。

「もしや、毬谷慎十郎どのか。噂に聞いたとおり、見上げるほどの大男じゃな」

「そちらは」

「わしか、ただの隠居よ。香月栄どのに恩があるゆえ、線香の一本でもあげさせてもらおうとおもうてな」

「もしや、寸翁さまでは」

慎十郎はなかば驚きつつ発したが、老人は微笑むだけだ。

「毬谷どの、こたびはまことにご迷惑をお掛けした。おぬしがおらねば、香月栄の死も無駄になったやもしれぬ。香月は剣術に秀でておったがゆえに、皮肉にも人の嫌がる役目を引きうけねばならなかった。胆の据わった者でなければ、首切り役はできぬ。選んだのは、このわしじゃ。あの世で再会できたら、香月に謝らねばならぬ」

一介の元藩士がこれほどすみやかに名誉を回復できたのは、寸翁の口添えがあったからであろう。そして、寸翁に事の顚末《てんまつ》を囁いたのは、脇坂安董の命を受けた赤松豪右衛門にちがいない。

慎十郎は、にっこり笑う。

「恨んでなどおられますまい。香月どのは筋を通された。藩を離れても、藩に忠義を尽くされた。忠臣の魂は、子の栄太郎が継ぎましょう」

「かたじけない。ひとこと、礼を言わせてほしい」

「礼などいりませぬよ」

「いいや、言わねば気が済まぬ。毬谷慎十郎、あっぱれなはたらきであった」

尾形帯刀が隠密裡《おんみつり》に成敗されたことで、抜け荷の露見は免れた。重臣の罪状が露見していたら、藩も何らかの咎《とが》めを受けていたはずだ。四代にわたって藩を支えてきた寸翁にとって、慎十郎はまさに救いの神にほかならなかった。

深々と頭を下げる寸翁を尻目に、堂々と胸を張って長屋をあとにした。

その足で向かったのは、芝口の龍野藩下屋敷である。

表門を潜ると、友之進が待ちかまえていた。

「そろそろ来るころだろうとおもうておったぞ」

「白髭爺《しらひげじじい》に約束を果たしてもらわねばならぬからな」

「無礼者め、ふふ、従《つ》いてこい」

友之進は表玄関ではなく、脇道から裏手へまわる。

「おい、どこへ行く。そっちは庭であろうが」

「黙って従いてこい」

庭は広大で、遥か彼方に泉水が遠望できる。

緑なのは松だけで、ほかの樹木は枯れていた。

友之進は足を止める。

「よし、ここでよい」

肩を並べた慎十郎が不審げな顔になる。

「何がよいのだ。何もないではないか」

「耳を澄ませてみよ。鳥が鳴いておろう」

「鳥なんぞ、どうでもよいわ」

「泉水に架かった朱の太鼓橋がみえるか」

「ああ、みえる」

「欄干から餌を投げている姫がおろう」

「何だと」

目を凝らすと、なるほど、姫らしき人物がみえた。

「豆粒くらいにしかみえぬが、あれは誰だ」

「静乃さまだ。ひと目会いたいと、抜かしておったではないか」

「……ま、まさか、これが褒美だと」

「そうだ。ご家老はおぬしとの約束をお忘れにならなんだ」

「謀《はか》ったな、狸爺《たぬきじじい》め」

慎十郎は裾を端折り、草履を脱いだ。

「無駄なことはやめろ。狼藉者《ろうぜきもの》がすがたをみせれば、姫はお屋敷にお逃げになる。そういう段取りになっておるゆえな」

「くそったれめ」

慎十郎は地団駄を踏み、友之進はしてやったりと満面の笑みを浮かべてみせた。

小石文《こいしぶみ》

一

本所亀沢町《ほんじよかめざわちよう》、直心影流男谷道場。
——照顧脚下。
床の間の掛け軸には、墨痕《ぼっこん》も鮮やかに禅の教えが大書されている。
剣禅一如、おのが足下をみよ。弱さはおのれ自身のなかにある。
対峙《たいじ》する男は黙して語らず、気合いすら発しない。
されど、その目は説いている。
おのれの弱さを思い知れと。
「くわっ」
慎十郎は赤い口を裂けんばかりに開き、道場の床板を踏みつけた。

手にするのは長さ三尺八寸（約百十五センチメートル）の竹刀、大上段から真っ向唐竹割りに振りおとし、相手の月代《さかやき》に叩《たた》きつけてくれよう。

勇んで踏みこむや、竹刀を振りおろすべく胸を反らす。

「ふおっ」

刹那《せつな》、下段青眼に構えて微動だにせぬ男の双眸《そうぼう》が光った。

「うっ」

死の淵に立った恐怖に襲われる。

だが、繰りだした竹刀は止められない。

――ぱん。

水を打ったような静寂に、乾いた音が響いた。

面をしっかり捉《とら》えたはずなのに、捉えた感触がない。

擦れちがったあとも、乾いた音の残響だけが尾を曳《ひ》いている。

「まいった」

振りむいた男は歯をみせ、にかりと笑った。

直心影流の総帥、男谷精一郎信友《のぶとも》である。

六尺偉丈夫の慎十郎からみれば、頭ひとつ丈は低い。

鉢頭の風貌《ふうぼう》と固太りのからだつきは、達磨《だるま》を連想させた。

四十そこそこで「剣聖」と評される人物が素面《すめん》であるにもかかわらず、上段の面打ちを避《よ》けもせずに受け、あっさり負けをみとめたのだ。

夢か。

夢ならば、悪夢であろう。

男谷精一郎を倒すために、この春、わざわざ播州龍野の田舎から出向いてきた。

ただひたすら強くなりたいがために、親に勘当されるのも厭《いと》わず、邪道と蔑《さげす》まれる雖井蛙流を修め、家も故郷も捨てて江戸へたどりついた。名の知られた道場とみれば片っ端から土足で踏みこみ、名のある剣士たちを完膚無きまでに叩きのめした。先月は播州十藩対抗戦に参じてみごと頂点に立ち、万石大名たちに「播州一の剣士」と惜しみない賛辞を送られた。

そうした段階を踏んだすえに、ようやく摑《つか》みとった好機なのだ。

これほど容易に勝ちを得てよいはずはない。

だいいち、面を叩いた感触すらないではないか。

打つべき瞬間、足許《あしもと》を掬《すく》われたような気がした。

竹刀に力が伝わらず、面打ちは死に手となった。

間を外されたのだ。それすらも気づけなかった。

情けない。

「なかなかのお手筋、それがしが教えることなど露ほどもござらぬ」

達磨は赤く腫《は》れた月代を撫《な》でまわし、平然と発してみせる。

だが、その目は笑っていない。こちらの心のありようを、その戸惑いや苛立《いらだ》ちを見透かしているかのようだ。

「ぬおっ」

慎十郎は雄叫《おたけ》びをあげ、竹刀を右八相に高々と持ちあげた。

「ほほう、それは薩摩示現《さつまじげん》流の蜻蛉《とんぼ》。天井をも突かんとするほどの見事な構えじゃ。弱冠二十歳にして、島津《しまづ》家門外不出の御留流《おとめりゅう》をも会得されておるとはな。さすが、あらゆる流派に精通する雖井蛙流を修められただけのことはある」

こやつめ、褒めてどうする。

慎十郎は太い眉《まゆ》を寄せ、前歯を剝《む》いてみせた。

「虎《とら》じゃな」

達磨は微笑《ほほえ》み、ぽつりとこぼす。

「手負いの虎ほど厄介なものはない」

何を抜かす。

この身のどこが手負いかと胸の裡《うち》で叫び、燃えるような眸子《まなこ》で威嚇する。

達磨め、おぬしのどこが剣聖なのだ。

万人がみとめる力量のほどをみせてみよ。

「ふいっ」

慎十郎は気息を整え、剣先を青眼に構えなおす。

達磨は下段青眼に構えたまま、恬淡《てんたん》として佇《たたず》んでいた。

わずかな気負いもみられず、小憎らしいほど落ちついている。

石頭め。

慎十郎は毒づいた。

男谷道場の片隅には、力士が稽古《けいこ》に使う鉄砲柱のごとき檜《ひのき》の磨き丸太が立っている。

門弟たちは「頭を捨てる」と称し、太い丸太に脳天や額をおもいきりぶつけて鋼のように固くするのだという。

鍛えた頭は竹刀の一撃などものともしない。

ばかげている。

そこまでする必要があるのか。

しかし、対峙しているのは、鋼の頭を持つ男なのだ。

それならば、胴を狙《ねら》うしかない。

突くか、払うか。

どちらかに決めかねつつも、青眼の構えで突っこむ。

「ぬりゃ……っ」

つぎの瞬間、達磨が動いた。

「剣先に迷いあり。空《くう》にはほど遠し」

するすると間合いを詰め、気づいてみれば鼻先まで近づいている。

竹刀の先端がぶわっと膨らみ、床板からそそり立ったかにみえた。

「くっ」

慎十郎の足が止まった。

息もできない。

磔《はりつけ》にされた盗賊も同然だ。

達磨の剣先は、顎下《あごした》一寸のところでぴたりと止まっている。

「一本」

行司役の島田《しまだ》虎之助《とらのすけ》が嬉々《きき》として叫んだ。

さきほどの面打ちが、雲散霧消してしまう。
道場を埋めつくす門弟たちのあいだから、どよめきが起こった。
固唾《かたず》を呑《の》んでみつめる者のなかには、若衆髷《まげ》に結った咲の顔もある。
慎十郎にとって、唯一の味方だ。
少しは期待を掛けてくれていたにちがいない。
「一本目は容易に取らせて花を持たせ、二本目からは勝ちを譲らぬ」
それが男谷のやり方なのだと、咲には耳に胼胝《たこ》ができるほど教わった。
やはり、そうであったのか。
島田虎之助は嘲笑《あざわら》っている。
師匠とやり合うなぞ、百年早いわ。
半年余り前、同じこの男谷道場で互角の激闘を演じた相手だ。
――双虎相見《まみ》える……これが江戸の道場剣法を占う一戦になるのは必定《ひつじょう》。
と、読売にも取りあげられ、世間の注目を集めた。
今や、島田は男谷の一番弟子となり、その剣名を府内全域に轟《とどろ》かせている。
「黙れ」
声無き声に向かって、慎十郎は咆《ほ》えた。

まさしく、虎の風貌だ。

が、剣聖男谷精一郎の面前では、張り子の虎でしかない。

「『切る人も空、太刀も空、打たるる我も空なれば、打つ人も人にあらず、打つ太刀も太刀にあらず……』と、沢庵《たくあん》和尚はかの柳生但馬守宗矩《むねのり》さまに説かれたそうな。雑な心持ちで力攻めに攻めても、強い相手には勝てぬ。一日千回、三貫（約十一キログラム）の振り棒を振るがよい。千で足りねば二千、さらには三千と振りつづけよ。さすればいずれ雑念も消え、雲上を遊んでいるかのごとき心持ちになろう。そのとき、今いちど訪ねてまいるがよい。つぎの申しあいまで、三本目は持ち越しにしておこう」

達磨のつぶやくことばに、頭を深く垂れるしかない。

男谷が竹刀を措《お》くと、道場は諦《あきら》めとも安堵《あんど》ともつかぬ溜息《ためいき》に包まれた。

門弟たちでさえ、もう少し歯ごたえのある相手を期待していたのだろう。

口惜《くちお》しさが喉元《のどもと》まで迫《せ》りあがり、慎十郎は吐き気を催した。

日の本一の剣士になる。

そんな夢を抱いて、勇躍、江戸へやってきた。

数々の道場を荒しまわり、名うての猛者《もさ》たちを打ち負かした。

播州諸藩の推挽《すいばん》も得て、ようやくにして男谷と竹刀を合わせる機会を得たのだ。
倒さねばならぬと定めた相手はしかし、男谷精一郎ひとりではなかった。
男谷を撃破した勢いで、斎藤弥九郎と千葉周作に挑みかかる腹でいた。
三人の剣聖を打ち負かせば、日の本一の剣士と誰もがみとめるはずだ。
できると信じていた。
それが過信にすぎぬことを思い知らされたのだ。
島田の言ったとおり、今の自分は男谷の足許にもおよばぬ。
――照顧脚下。
禅の教えが目に飛びこんでくる。
この場から、一刻も早く逃れたい。
慎十郎は悄然《しょうぜん》とした面持ちで、男谷道場に背を向けた。

二

はっ、はっと白い息を吐きながら、慎十郎は三貫の振り棒を振っている。
朝稽古だ。

を掻《か》いていた。

師走《しわす》もなかばを過ぎ、身を切るような寒風が吹いているというのに、上半身裸で汗

男谷道場で負けを喫してから、十日が経《た》った。

口惜しさを振りはらうべく、男谷に言われたことを実践している。

掌《てのひら》の皮がずる剝けになっても、一日三千回の棒振りをつづけていた。

庭に植わった松の幹に額をぶつける「頭捨て」の稽古もやっている。

松のささくれが刺さった額は血だらけで、一徹や咲も目を逸らした。

痛みなど苦にならない。

男谷から赤子扱いされたことが口惜しくてたまらなかった。

見返してやりたいという一念が、慎十郎を百錬万鍛の道へ駆りたてるのだ。

播州十藩対抗戦で頂点に立ったことも、姫路藩重臣の尾形帯刀を成敗したことも、

遥《はる》か遠いむかしの出来事に感じる。

彼方に見定めた静乃の面影も消えかけていた。

ところが、つい今し方、龍野藩邸から年若い侍女が訪ねてきた。

冬《ふゆ》という娘だ。

何と、静乃に命じられて秘《ひそ》かに文を預かってきたというのだ。

どうやって所在を知ったのかは判然としない。

玄関先で文を受けとったのは、咲である。

慎十郎におもいびとのあることを勘づいていていただけに、静乃からの使いと聞いて動揺したにちがいないが、顔にはいっさい出さなかった。

手渡された文をひらいてみると、不思議なことに一文字も記されておらず、小石が一個だけ包んであった。

「咲どの、これはいったい、どういうことであろうか」

慎十郎が白い奉書紙と小石をみせるや、咲は途端に機嫌を損ねた。

ぷいと横を向き、奥の部屋へ籠《こ》もってしまう。

「何を怒っておるのだ」

慎十郎は首をかしげ、一徹にも文のことを尋ねた。

すると、白髪の師匠は笑いながら謎解《なぞと》きをしてくれた。

「それは小石文じゃ」

「小石文」

「ああ。小石に掛けて、恋しい気持ちを相手に伝える。それはな、恋に憑《つ》かれたおなごの使う手管なのじゃ」

「恋の手管」

「無粋な男にはわからぬ」

故郷の龍野で見初めて以来、芍薬《しやくやく》にも喩《たと》えられる可憐《かれん》な面影を追いもとめてきた。

それだけに、慎十郎は静乃の恋情を知り、飛びあがらんばかりになった。

「お師匠、かたじけない」

弾む声で言い残すや、小石文を握って道場から飛びだし、芝口の龍野藩邸をめざす。

神田、日本橋と一足飛びに突っきり、正午にならぬうちに藩邸の表門前へたどりついた。

門番は顔見知りの男だ。

静乃に呼ばれたと伝えるや、不審な顔をしたが、いちおうは取りついでくれた。

家老の豪右衛門は千代田城に出仕しているか、辰ノ口の上屋敷に居るか、どちらかであろう。屋敷内にさえ通されれば、鬼の居ぬ間に忍びこみ、静乃に自分の恋情を伝えることができる。

慎十郎なりに算盤《そろばん》を弾《はじ》いていた。

「どうぞ、こちらへ」

門番は戻ってくると、脅えたような顔で告げた。

妙な感じはしたが、逸《はや》る気持ちに背中を押される。

誘われたさきは、庭の池畔に築かれた四阿《あずまや》の手前だ。

門番は役目を果たすと、独楽鼠《こまねずみ》のように逃げていった。

「あやつめ」

慎十郎はつぶやきつつも、静乃のことだけをおもっている。

勇気を振りしぼり、四阿に向かって声を掛けた。

「静乃どの、毬谷慎十郎がまいりました。小石文に託された静乃どのの恋情は、たしかに受けとりましたぞ」

人の気配を察したので、矢も楯もたまらず四阿へ顔を突っこんだ。

やにわに、白刃が鼻先に翳《かざ》される。

「うわっ」

尻餅《しりもち》をついたところへ、仁王のごとき老臣がぬっとあらわれた。

豪右衛門である。

「うつけ者め、成敗してくれる」

びゅんと、手にした刀を振りおろす。

鬢《びん》一寸の間合いで躱《かわ》し、転がって逃げた。

「お待ちを。本気で斬《き》ろうとなされましたな」

「あたりまえじゃ。静乃に夜這《よば》いをかける狼藉者《ろうぜきもの》を生かしておくものか」

「今は夜にあらず、昼にござるぞ」

「同じことじゃ。静乃は輿入《こしい》れ前のたいせつな身、おぬしのごとき風来坊と関《かか》わってなぞおられぬ」

「およよ、聞き捨てなりませぬな。静乃どのは輿入れが決まったのでござるか」

「おぬしには関わりない」

「そうはいきませぬ。静乃どののお心は、それがしにかたむいておられます。これがその証拠にござる」

慎十郎は、袖口から小石を取りだしてみせる。

豪右衛門は刀を握ったまま、顔を近づけてきた。

「ただの小石ではないか」

「文に包んだ小石でござる。無粋な御仁には、おわかりになられまい。小石は恋しいの掛けことばなのでござるよ」

「ええい、黙れ」

豪右衛門は白刃を振りあげ、またも本気で斬りつけてくる。

可愛《かわい》い孫娘のことになると、取りつく島がなくなるのだ。

ともあれ、逃げるしかなかった。

表門まで戻ると、さきほどの門番はいない。

とばっちりを避け、番所に隠れてしまったのだろう。

「詮方《せんかた》あるまい」

慎十郎は門外へ逃れた。

空腹を抱え、とぼとぼ帰路をたどる。

数刻ののち、無縁坂の道場へ戻ってみると、何やら不穏な空気が漂っていた。

咲をみつけたので声を掛けたが、こちらを向いてもくれない。

「あれ」

ひょっとして、静乃に嫉妬《しっと》を抱いたのであろうか。

「莫迦《ばか》を申すな」

一徹が気配もなく近づき、慎十郎の考えを一笑に付した。

「おぬしのごとき、がさつで融通の利かぬ田舎者に、咲が心を奪われるとおもうか。あやつは無類の芝居好きで、好みは海老蔵の演じる助六《すけろく》じゃ。粋でしなやかで見栄えのよい相手を好む。まかりまちがっても、おぬしごとき泥臭い男は眼中にない。余計な勘ぐりはせぬことじゃ」

「されば、何故《なにゆえ》、拙者をみてくれぬのです」

「恋なんぞにかまけているようでは、剣士として大成できぬ。修行の邪魔ゆえ、おぬしは居ないものと考えることにしたそうじゃ」

「居ないもの、このわしが」

「さよう、おぬしは玄武館《げんぶかん》の森要蔵《もりようぞう》に勝ち、中西《なかにし》道場の高柳又四郎《たかやなぎまたしろう》や男谷道場の島田虎之助とも互角にわたりあった。播州一の剣士を決める十藩対抗戦でも頂点をきわめた。それほどの力量を持ちながら、今ひとつ上へ突きぬけられぬ。その証拠に、男谷精一郎には為《な》す術《すべ》もなく敗れたであろうが。いいや、男谷どころではない。練兵館でまず咲に負けた。柄砕《つかくだ》きを食らってな。相手はおなごという油断があったからこそ、鼻っ柱を折られたのじゃ。すべては心の弱さ、日々の油断から生じるもの。それを知らねば、男谷や咲とふたたび対峙することはできまい」

一徹のことばが胸に響いた。

慎十郎は居たたまれなくなり、悔し涙を呑みこむと、寒風の吹きすさぶ往来へ飛びだした。

三

風花が舞っている。
「うう……寒っ」
慎十郎はぶるっと肩を震わせ、六尺豊かな身を縮めた。
やってきたのは芝口、ふたたび、龍野藩邸への道をたどっていた。
戻るつもりはない。通行人や荷車の行き交う往来を当《あ》て所《ど》もなく歩いている。
海風の吹きよせる道端には、蕎麦《そば》の屋台が白い湯気をあげていた。
ぐうっと、腹の虫が鳴る。
後先考えずに出てきたので、先立つものがない。
たぶん、今は正午を過ぎたばかりだ。
にもかかわらず、往来は夕刻のように薄暗い。
「あん、ほう、あん、ほう」
愛宕下の横道から、権門駕籠《けんもんかご》が一丁やってくる。
何気なく目を向けた。

乗っているのは、大身旗本《たいしん》だろう。
厳めしげな供人もふたり随行している。
慎十郎は駕籠を避けるべく、道端に身を寄せた。
ほかの通行人や荷を負う牛馬も、同じように身を寄せる。
すると、向こうの横道から五分月代の侍がひとり飛びだしてきた。
往来を斜めに突っ切り、駕籠尻めがけて必死に駆けてくる。
両目を裂けんばかりに瞠《みは》り、口はへの字に曲げていた。
垢《あか》じみた着物を纏《まと》った風体は食いつめ浪人だ。
あきらかに、様子がおかしい。
「ぬおっ」
駕籠尻に向かって吼《ほ》え、唐突に白刃を抜いた。
「ひゃああ」
物売りの女が腰を抜かす。
駕籠は止まり、供人ふたりが振りむいた。
「出てこい、弾正《だんじょう》」
抜いた浪人は叫び、つんのめるように斬りこむ。

供人のひとりは腰を沈め、右手を柄に添えていた。

が、本身を半分抜いたところで、真っ向から上段の一撃を浴びる。

「ぬぎゃ……っ」

額が割れ、夥《おびただ》しい鮮血が噴きだした。

斬りつけた浪人は返り血を浴びつつも、駕籠の脇へ迫る。

その背中を、もうひとりの供人が八相から斬りつけた。

「くわっ、邪魔するな」

浅傷を負った浪人は振りかえり、頭ごと突っこむ。

「ぐえっ」

本身は供人の胸を貫通した。

浪人はまたも返り血を浴び、全身血達磨になる。

通行人たちが蜘蛛《くも》の子を散らすように逃げるなか、慎十郎だけは動かずに凄惨《せいさん》な光景を目に焼きつけた。

「出てこい、弾正」

浪人の叫びに応じ、権門駕籠の垂れがひらりと捲《めく》れあがった。

白足袋《しろたび》の人物がゆっくり出てくる。

濃い墨で描《か》いたような顔に威風堂々としたからだつき、反りかえった鬢には白いものが混じっている。齢《よわい》は五十前後であろうか。手に反りの深い太刀のような刀を鞘《さや》ごと提げ持ち、供人ふたりを葬られた情況にも動じた素振りはない。

「誰かとおもえば、浜坂《はまさかい》伊織之助《おりのすけ》か。今さら、何用じゃ」

血達磨の浪人は喉をぜいぜいさせながら、もがくように身を寄せてくる。

「……だ、弾正……よ、よくも、よくも騙《だま》してくれたな」

「騙しただと。元配下の分際で、わけのわからぬことを抜かす」

「……お、おぬしのせいで、忍《しのぶ》は死んだ。舌を嚙《か》んで自害したのだ」

「ふん、逆恨みか。蛍侍《ほたるざむらい》め、妻を死なせたのは、おぬしであろうが」

「黙れ」

浜坂と呼ばれた浪人は血濡《ちぬ》れた刀身を持ちあげ、大上段に高々と構える。

つぎの瞬間、どんと後方に跳ねとばされた。

弾正は抜いていない。触れてもいない。

右掌を翳しただけだ。

「くそっ」

浜坂は起きあがり、今度は前屈《まえかが》みになって突きこもうとする。

弾正はすっと腰を沈め、真正面に右掌を翳した。

「うわっ」

浜坂がさきほどより、さらに遠くへ飛ばされる。

「気当《きあて》か」

慎十郎はつぶやいた。

体内の気を練りあげ、相手にぶつける。

修験道の行を積んだ者にしかできぬ芸当だ。

「ふはは、残念だったな。下郎め、おぬしごときに、わしは斬れぬ」

浜坂は唇を嚙み、地べたに座りこむ。

何をするかとおもえば、刀身に懐紙を巻きはじめた。

「忍、すまぬ。情けない夫を許せ」

がばっと着物のまえを開き、刀身を逆手に握る。

腹に突きたてるべく、刀身を振りあげた。

刹那、真横に白刃が煌《きら》めいた。

「ぬぎゃ……っ」

悲鳴と同時に、浜坂の両腕がぼそっと落ちる。

輪切りにされた傷口から、飛沫《しぶき》のように血が噴いた。

かたわらには、弾正が立っている。

瞬時に間合いを詰め、抜き際の一刀で浜坂の両腕を断ったのだ。

「おぬしは野良犬じゃ。腹なぞ切らせまいぞ」

血振りを済ませ、見事な手さばきで納刀する。

「ふふ、さすが包平《かねひら》、うっとりするような斬れ味よ」

妖気《ようき》の漂う弾正の顔は、みる者を震撼《しんかん》させた。

一方、浜坂は小刻みに痙攣《けいれん》し、動かなくなる。

慎十郎は我慢ならず、一歩踏みだして怒鳴った。

「おい、待て。あまりにひどい仕打ちではないか」

弾正が首を捻《ひね》った。

蛇のような眸子で睨《にら》まれ、背中に悪寒が走る。

「おぬしは何じゃ。ん、何処《どこ》かでみたことがあるぞ。さよう、本所の男谷道場でみた。男谷精一郎に遊ばれた男だ。名は何と言うたかな」

「毬谷慎十郎だ」

「おう、それそれ。みじめな負けっぷりであったな」

「うるさい」

「ふふ、負け犬が何を吠えておるのじゃ」

「黙れ。わしは浜坂と申す元配下の言い分を聞いた。あんたに騙されて妻女を亡くしたという言い分をな」

「事情も知らぬくせに、余計な口を挟むでない。あやつも妻も死ぬべくして死んだ。それだけのはなしじゃ」

「たとい、そうであったとしても、何故、腹を切らしてやらぬ。侍として死なせてやらぬのだ」

「言うたはずじゃ。あやつは侍ではない。野良犬じゃ。野良犬に切腹させるわけにはいくまい」

「納得できぬ」

憤然と小鼻を膨らましても、それ以上抗《あらが》う手段はない。

「勝手に吠えておれ」

弾正は背を向け、逃げていた駕籠かきを呼びつける。

慎十郎が身を乗りだすや、弾正がくるっと振りむいた。

「いやっ」

気合い一声、眼前に掌を翳される。

どんと、火の玉が飛びでたやにみえた。

「うわっ」

胸に強い衝撃を受け、尻餅《しりもち》をついてしまう。

どうにか身を起こすと、弾正のすがたはない。

権門駕籠が持ちあがり、動きだすところだった。

「待て」

叫んでも、駕籠は止まらない。

手の届くところには、屍骸《むくろ》が三つ転がっている。

遠巻きにする野次馬の目が、慎十郎に注がれていた。

と、そこへ、町奉行所の同心らしき者がやってくる。

「こいつはひでえ。いってえ、誰が殺《や》ったんだ」

同心に睨まれ、慎十郎は首を横に振った。

「わしではない。わしではないぞ」

言い訳をする自分が情けなくなってくる。

舞っていた風花は、まだら雪に変わっていた。

やがて、野次馬どもは居なくなり、屍骸は薄い衣に覆われていった。

四

腹を減らして道場へ戻っても、咲はあいかわらず口をきいてくれない。

鬱々《うつうつ》とした気分を晴らすには、直心影流の「振り棒」と「頭捨て」の修行にかぎる。

慎十郎は一心不乱に振り棒を振り、血だらけになりながら松の幹に額をぶつけた。

石動友之進が訪ねてきたのは、やりすぎて意識が飛びかけた翌夕のことだ。

ひどい顔で出迎えると、友之進はいつもとちがってえらく憐《あわ》れんでくれた。

「いくらなんでも度が過ぎる。恋に破れたからというて、頭捨てばかりやっておると脳味噌《のうみそ》が蟹《かに》味噌になっちまうぞ」

慎十郎は癪《しやく》に障って口を尖《とが》らせる。

「誰が恋に破れたって」

「おぬしにきまっておろうが。その顔をみたら言いづらくなったが、ご家老からおぬしへの伝言を預かってまいった。『今後いっさい、静乃に関わるな』とのおことばだ」

「ふん、耄碌爺《もうろくじじい》め。爺が何を言おうと、静乃どののお気持ちは変わらぬ。わしを好いておられるのだ。それを証拠に、ほれ」

袖口から小石を取りだしてみせると、友之進は興味をしめした。

「ほう、それが例の小石か」

「ああ、そうよ。真っ白な奉書紙に包まれておったのだ。無粋なおぬしに、小石の謎掛けはわかるまい」

「小石を恋しいに掛けたのであろう」

あっさりこたえられ、慎十郎は二の句が継げなくなる。

「でもな、その小石、包んだのは静乃さまではないぞ」

「何だと」

「ご家老が静乃さまにそれとなくお聞きしたところ、鳩が豆鉄砲を食ろうたようなお顔をなされたそうだ」

「戯《ざ》れ言《ごと》を抜かすな。わしに妬《や》いておるからというて、口から出まかせを吐くと承知せぬぞ」

「出まかせではない」

「こやつめ、まだ言うか」

襟首を摑んで揉《も》みあっていると、後ろから咲の咳払《せきばら》いが聞こえてきた。

慎十郎は、はっとする。

摑んだ手を放し、友之進の肩に腕をまわした。

「ここで色恋のはなしはまずい」

強引に友之進を連れだし、暮れなずむ無縁坂を上る。

坂の途中で右手に曲がり、細道を北へ進んでいった。

たどりついたところは根津門前町《ねづもんぜんちよう》、裏道に踏みこめば赤提灯《あかちようちん》や縄暖簾《なわのれん》がいくつも並んでいる。

客は岡場所にやってきた職人たちが多く、侍のすがたはほとんど見掛けない。

慎十郎はひとつひとつ物色し、表の幟に「軍鶏《しやも》」と書かれた薄汚い見世の暖簾を振りわけた。

「たまには精をつけよう」

嬉《うれ》しそうに声を張る慎十郎に金がないのは知っている。

そのつもりで従《つ》いてきたので、友之進は文句ひとつ言わない。

見世は不安になるほど空いていたが、胡麻塩頭《ごましお》の親爺《おやじ》がしめた軍鶏はいかにも強そうだった。

鍋《なべ》で煮込んで肉を食べてみると、歯ごたえがあってじつに美味《うま》い。

昆布出汁《だし》の効いた汁で、旬の野菜も煮て食べた。

次第にからだが、ほかほかになってくる。

舞いあがる湯気に包まれて、酒もおおいにすすむ。

一合上戸の友之進はすぐに赤くなり、舌のまわりも滑らかになった。

「ともあれ、静乃さまは小石を包んでおらぬ。あれはきっと、誰かの悪戯《いたずら》だ」

「莫迦を申すな。いったい、誰があんな悪戯をする」

「文使いの侍女が怪しい。冬という播磨屋《はりまや》の孫娘だ」

「播磨屋と申せば、藩御用達《ごようたし》の醤油《しょうゆ》問屋ではないか」

慎十郎に問われ、友之進は箸《はし》で鍋から小松菜を摘まむ。

「さよう。主人の庄介《しょうすけ》は、わが殿のお気に入りでな、気軽に四方山話《よもやまばなし》を交わすほどの間柄だ」

播磨屋は芝口の大路沿いにあり、下屋敷にも近い。

大きな屋根看板を見上げたことも一度ならずあった。

播磨屋庄介には息子がふたりあったらしく、今は次男が商売を任されているという。

長男と嫁は若い時分に病でなくなり、遺《のこ》された孫の姉妹を庄介は舐《な》めるように可愛がった。冬は妹のほうで歳《とし》は十六、本人たっての願いで一年前からお屋敷奉公をはじめたという。

「静乃さまはひとつ年下の冬を、じつの妹のように可愛がっておられる。されど、三月ほどまえ、冬には不幸があった。忍という三つちがいの姉を亡くしたのだ」

「姉の名は忍と申すのか」

どこかで聞いた名だが、すぐにはおもいだせない。

「忍は芝口界隈《かいわい》の小町娘と言われたほどの縹緻《きりよう》良しでな」

交代寄合《こうたいよりあい》の池谷《いけたに》家に仕える武家に嫁いだが、何かの事情で亡くなった。

「播磨屋は死因を明かさぬが、噂《うわさ》ではみずから舌を嚙みきったらしい」

「えっ」

「わしもご家老のお供で通夜《つや》にまいった。播磨屋は憔悴《しようすい》しきっておったわ。何せ、手塩に掛けて育てた孫娘だ」

姉妹は揃《そろ》って卯月《うづき》に生まれたという。

「卯月に咲く花に、忍冬《すいかずら》がある」

初夏に真っ白い花を咲かせて芳香を放ち、冬も枯れずに青々としている。

忍冬になぞらえて、亡くなった双親は姉妹に忍と冬の名をつけた。

「まるで、三年後に妹ができることを見通しておったかのようにな。播磨屋の庭には忍冬が植わっておった。聞けば、忍が生まれた年に双親の手で植えられたという」

ふたつの名が合わさってひとつの花になるように、忍と冬は幼い頃から仲の良い姉妹であった。

「冬は姉の亡骸に抱きついて離れなかった。みているこちらが辛《つら》くなってな」

友之進のはなしに涙ぐみながらも、慎十郎は昨日の惨状を脳裏に浮かべていた。

おもいだしたのだ。

両腕を断たれた侍の妻女が「忍」という名だった。

「友之進、ひょっとして、姉の忍が嫁いださきは浜坂家か」

「ん、どうしてわかる」

「やはり、そうであったか。昨日、芝口で惨事があったであろう。わしはその場におったのだ」

「まことか」

「ああ」

友之進は頭を整理するためか、呑めぬ酒をくっと流しこむ。

「おぬしの言うとおり、芝口でみじめに死んだ侍は、冬の夫だった浜坂伊織之助にまちがいない。ただし、その名は伏せられておる。酒に酔った食いつめ浪人が交代寄合の当主を襲って供人をふたり斬殺《ざんさつ》したあげく、当主に成敗されたということになっておる」

「どうして、名を伏せねばならぬ」

「きまっておろう。交代寄合の池谷弾正さまが厄介事に巻きこまれぬためだ」

「あやつめ、池谷弾正と申すのか」

憤慨する慎十郎の顔を、友之進は睨んだ。

「おぬし、喋《しゃべ》りかけたのか」

「毒づいてやったわ」

「関わるな。池谷家はな、三代前は大名だぞ。交代寄合に落ちたとは申せ、知行は六千石あり、愛宕下の大名小路に大きなお屋敷を構えておる。しかも、知行の所在は播州の神崎《かんざき》だ。龍野ともさほど離れておらぬ。それゆえ、おぬしが関われば、わが藩に累が及ばぬともかぎらぬ」

「あんなやつと、誰が関わるものか」

「それならばよい。念を押すようだが、まことに関わらぬと約束できるなら、このさきのはなしを教えてやろう」

「何だその、奥歯にものが挟まったような物言いは」

「静乃さまに関わることゆえ、おぬしは知らぬほうがよいとおもうてな」

「何だと」

静乃と聞いて、慎十郎は唾《つば》を呑みこんだ。

「……ま、まさか、静乃どのの縁談相手ではあるまいな」

「さよう、そのまさかだ。池谷家には忠馬《ちゅうま》さまというご長男がおられてな、芝神明《しばしんめい》の境内で催された菊の宴で静乃さまを見初められたのだ」

父親の弾正が息子に頼まれて縁談をもちこんできたとき、正直、豪右衛門は乗り気でなかったらしい。

「されど、池谷弾正さまは粗略に扱えぬお相手でな」

友之進は声を一段とひそめる。

「無役なれど、西ノ丸の大奥と通じておる」

西ノ丸の大奥とは、大御所家斉の側室であるお美代の方をさす。養父の中野《なかの》碩翁ともども、千代田城内で隠然とした影響力を保っているのは周知のことだ。

もちろん、どれだけ身分の高い相手であろうと、慎十郎は少しも気に掛けない。権力を笠《かさ》に着た連中は大嫌いだし、地位や身分に物を言わせて黒を白と言いくるめる風潮は我慢ならなかった。

「浜坂伊織之助はやむにやまれぬ事情から、池谷弾正の命を狙ったやにみえたぞ。池谷に騙されたようなことを叫んでおったからな。そう言えば、浜坂は池谷に蛍侍と呼ばれておった」

「ほう、それは聞き捨てならぬな。ひょっとしたら、妻女だった忍のおかげで出世を遂げたのやもしれぬ」

「どういうことだ」

「いや、これは憶測にすぎぬ」

と前置きしつつ、友之進は筋を描いてみせる。

池谷弾正が配下の妻を見初め、夫の出世話をちらつかせて屋敷に誘いだした。妻は夫が出世するためならと身を任せたものの、罪深さに耐えきれずに舌を嚙みきった。夫はあとでそれを知り、妻の無念を晴らすために弾正の命を狙った。

「ふむ、われながら見事な筋書きだな」

勝手に納得する友之進に、慎十郎は怒った顔を近づける。

「許せぬ。断じて池谷弾正が許せぬ。あやつはな、浜坂伊織之助が切腹できぬように両腕を断ったのだぞ」

「えっ、そうなのか」

「浜坂を野良犬と呼びおった。『野良犬に切腹させるわけにはいくまい』と、嘲笑ったのだ」

「ひどいはなしだな」

「しかも、あやつはわしを負け犬と呼んだ。男谷精一郎との申しあいを観《み》ておったらしくてな」

「あり得るはなしだ。池谷弾正は直心影流の免状持ちでな、男谷精一郎から二本目を取った男として知られておる」

男谷は相手にまず花を持たせるため、一本目を取らせてから二本目と三本目を取る。男谷から二本目を取ることは、本気の勝負で勝ったことを意味した。

「三本目は完膚無きまでに敗れたらしい。されど、直心影流の総師を本気にさせたのはまちがいない。それがどれだけ凄《すご》いことか、男谷精一郎と立ちあったおぬしなら、わかるであろう」

止めているのか、煽《あお》っているのか、じっとみつめる友之進の眼差《まなざ》しから真意を読みとることはできない。

「いちおうは門弟になっているものの、男谷道場へは滅多にあらわれぬらしく、幽霊の異名もある。おぬしの怒りはわかるが、幽霊相手では分がわるかろう」

かといって、静乃のことを放《ほう》ってはおけまい。

「そうさな、本腰を入れて調べてみるとするか。池谷弾正が鼻持ちならぬ相手なら、ご家老のお耳にも入れねばならぬ」

悠長な物腰の友之進が憎たらしくおもえてきた。

だが、調べが済むまで暴走するなと釘《くぎ》を刺され、慎十郎は黙るしかない。

銚釐《ちろり》に残った酒を喉に流しこみ、鍋の残りをかっこむ。

酒も鍋も不味《まず》く感じた。

事と次第によっては、池谷弾正を斬らねばなるまい。

――あやつを斬れ、あやつを斬れ。

と、直感が囁《ささや》いているのだ。

しかし、簡単なはなしではない。

幽霊と呼ばれる男を斬るには、厄介な「気当」をどうにかしなくてはならぬ。

「おい、顔が鬼のようだぞ」

友之進が心配そうに覗《のぞ》きこんでくる。

慎十郎は汗ばんだ手で小石を握っていた。

五

翌朝、九段下。

空は快晴だが、空気は張りつめている。

神道無念流を標榜《ひょうぼう》する練兵館からは、門弟たちの気合いが高らかに聞こえてきた。

「きぇええ」

なかでも凄まじい気合いを発しているのは、出稽古に訪れた咲である。

道場の丸莫蓙に座る斎藤弥九郎も、ただでさえ大きなどんぐり眸子を見開いていた。

「いつにも増して激しいな」

稽古相手の門弟が可哀相《かわいそう》でみていられない。

面籠手《めんこて》を装着した稽古なので、好きなだけ打ちこんでよいのだが、咲はわずかの隙《すき》もみせなかった。

「きぇええ」

竹刀で胸を突かれ、門弟が尻餅をついてしまう。

「立て、その程度か」

咲に怒鳴られても、門弟は起きあがることができない。

みるにみかねて、斎藤がのっそり立ちあがった。

「止《や》めい、そこまで」

咲は面を脱ぎ、汗ばんだ顔を桜色に染める。

「何故、お止めになるのですか」

斎藤は熊《くま》のような巨軀《きよく》をかたむけ、門弟のひとりに竹刀を持ってこさせた。

「たまには、わしがお相手しよう」

「えっ、まことに」

咲は嬉しそうに目を輝かせ、みずからも素面素小手になる。

「されば、まいる」

斎藤は竹刀を横に寝かせた平青眼に構え、爪先《つまさき》を躙《にじ》りよせてきた。

「うっ」

圧力が半端ではない。

咲はじりじりと後退し、壁の羽目板を背に抱えた。

斎藤は平青眼を崩さず、なおも躙りよってくる。

得手とするのは「飛鳥《ひちょう》」と称する突きだ。

──それ剣は突撃のほかなし。

と、口伝の理合にある。

かといって、闇雲《やみくも》に突くのではない。

相手が疲れて隙をみせた刹那、電光石火のごとく突きこむのである。

巨軀からは想像もできぬ動きは「俊敏、神のごとし」と評されていた。

評したのは誰かと言えば、北辰一刀流の千葉周作と直心影流の男谷精一郎にほかならない。

三人の達人同士でやりあったら、はたして、誰が一番か。

剣を嗜《たしな》む者ならば、かならず一度は口の端にのぼるはなしだが、三人はけっして立ちあおうとしなかった。

咲は男谷と立ちあったことがない。が、斎藤と千葉には一度ならず挑んだ。

門弟たちから「誰が一番か」と聞かれても、こたえに窮してしまう。

ふたりを比較できる域に、自分の力量が達していないからだ。

斎藤の構えた切っ先が、太い如意棒のように膨らんでみえる。

咲は相青眼に構えつつ、肩で息をしはじめた。

ふっと、相手の気配が消える。

と同時に、如意棒も消えた。

「つおっ」

咲は身を低くし、まっすぐに突きかかる。

軽々と空かされ、つぎの瞬間、左肩を叩かれた。

「ぐっ」

片膝《かたひざ》をつく。

骨が軋《きし》むほどの痛みだ。

が、叩かれたことより、負けた屈辱のせいで立ちあがることもできない。

「咲どの、容易に誘いこまれたな」

顔をあげると、斎藤がにっこり笑った。

「突きとみせかけて打ちに出る。名付けるとすれば、この技は逆風《ぎゃくふう》だ」

「逆風」

「さよう、心に迷いのある相手に有効な技だ」

どきりとした。

心の弱さを指摘されたのだ。

「咲どの、何ぞ心配事でもおありか。わしでよければ、はなしを聞くぞ」

優しいことばに、おもわず涙ぐんでしまう。
「何を泣いておる」
「わかりませぬ。わからぬのでござります」
慎十郎のせいだと、自分でもわかっている。
小石文が届けられたときから、心にさざ波が立っていた。
静乃という家老の孫娘に嫉妬を抱いているのだ。
そのことをみとめたくない。
勝ち気な性分が、素直な気持ちを阻んでいる。
何もかもわかっているのだが、斎藤に縋《すが》るわけにはいかなかった。
咲は暇《いとま》を告げ、練兵館に背を向けた。
打たれた肩の痛みに耐えつつ、重い足を引きずる。
正午前に無縁坂の道場へ戻ってくると、門前に若い娘が佇んでいた。
まちがいない、小石文を届けにきた侍女だ。
名はたしか、冬といったか。
咲のすがたをみつけ、娘はほっと白い息を吐く。
長いあいだ待っていたらしく、からだが冷えきっているようだ。

「芝口で醬油問屋を営む播磨屋庄介の孫娘、冬にございます」

「えっ」

「丹波咲さま、本日は赤松静乃さまの侍女としてではなく、醬油問屋の孫娘としてまいりました」

「どういうことにござりましょう」

「小石文のことにござります。じつを申せば、わたくしがしたためました。市井で育った娘の愚かな浅知恵にござります。お屋敷奉公の侍女が考えるようなことではありませぬ」

驚きに怒りも混じり、にわかに返答できない。

「申し訳ござりませぬ」

冬はやにわに両膝を落とし、土下座してみせる。

咲はすかさず身を寄せ、震える肩を抱きおこした。

「他人に言えぬ事情があったのでしょう」

優しく問うと、冬はこっくりうなずく。

一徹と慎十郎の気配はないようだし、このまま道場のなかへ連れこもうとしたが、冬はきっぱり拒んだ。

「もったいない。門前でよろしゅうございます。どうしてあんなことをしたのか、まことのところは自分でもわかりませぬ。ただ、見も知らぬお相手から縁談を持ちこまれてお悩みの静乃さまが可哀相でたまらず……う、うう」

冬は嗚咽《おえつ》を漏らし、泣きくずれそうになる。

だが、どうにか持ちこたえ、涙目で咲をみた。

「……も、申し訳ございませぬ。でも、静乃さまが毬谷さまをお思いになるお気持ちに嘘《うそ》偽りはございませぬ。それだけはどうか、どうか、毬谷さまにお伝えください」

袖に縋りながら言いきり、冬は逃げるように去っていった。

伝言を託された咲の心は、練兵館をあとにしたときよりも暗く沈んだ。

静乃にも冬にも恨みはない。

好いた相手に恋情を伝えたくなるのはよくわかる。

だが、咲の気持ちはおさまらない。

何故、こんなふうに悩まねばならぬのだろう。

剣の道を究めるべく、厳しい修行に明け暮れてきた。

すべては、幼いころに両親を亡くした淋《さび》しさから逃れるためだ。やがて、同年配の子どもたちからは恐れられ、気づいてみれば、友といえる者はひとりもいなくなった。

だが、悲しいとはおもわなかった。男勝りと揶揄《やゆ》され、忌避されても、いっこうにかまわなかった。気丈さを保つことで、どうにか生きていける。そのことが本能でわかっていたからだ。

深い悲しみに襲われても、無心になって木刀を振ることで忘れようとした。何百回、何千回と、疲れきって気を失うまで振りつづけ、ようやく、祖父の一徹も唸《うな》るほどの腕前になった。

にもかかわらず、珍妙な田舎者が居候しはじめてから、心穏やかに過ごすことができなくなった。

「あやつめ」

何度追いだしても、淋しくなったころに戻ってくる。

しかも、祖父の一徹は天衣無縫な性分を気に入っていた。

一徹だけではない。関わった者はみな、いやが上にも惹《ひ》きつけられる。

自分も例外ではない。慎十郎に優しくされれば天にも昇るような気持ちになり、慎十郎がぼろぼろに傷ついたときは放っておけなくなる。

いずれにしろ、心を乱される原因はあきらかだった。

沸々と滾《たぎ》る怒りの矛先は、慎十郎に向かうしかない。

「もう知らぬ。喋ってなどやるものか」

咲は吐きすて、寒々とした道場へ戻っていった。

六

そのころ、慎十郎は芝口の播磨屋を訪ねていた。

忍という冬の姉が亡くなった経緯を詳しく知りたいとおもったのだ。

目に入れても痛くないほど可愛がっていた孫娘のことを、主人の庄介がはなしてくれる保証はない。

喋りたくないと言われたら、素直に引きさがるつもりでいた。

そこまで図々しくなりたくはない。

「たのもう、たのもう」

広い敷居をまたぎ、大声を張りあげる。

奉公人たちが、きょとんとした顔を向けた。

帳場格子の内から、姿勢のよい老爺《ろうや》が鶴首《つるくび》を伸ばす。

番頭だなとおもいこみ、慎十郎は襟を正して言った。

「ご主人はおられようか。拙者、龍野藩の元藩士で、名は」

「存じておりますよ。毬谷慎十郎さまにござりましょう。手前は播磨屋の主人、庄介にござります」

「おっ、そうであったか。にしても、何故、わしのことをご存じなのだ」

庄介は帳場から出てきて、上がり框《がまち》の手前にきちんと正座する。

「まあ、どうぞ」

と、誘われ、慎十郎は上がり端で横座りになった。

気の利く丁稚《でっち》小僧が素早く動き、熱い茶を煎《い》れてくる。

ずるっとひと口啜《すす》ったところで、庄介が口をひらいた。

「男谷さまの道場で申しあいを拝見しました」

「まことか、そいつは驚いた。されど、商人のおぬしが何故」

「安董公のお申しつけにござります」

庄介はすっと横を向き、深々とお辞儀をしてみせる。

お辞儀をした方角に、どうやら、龍野藩邸があるらしい。

「驚くことばかりだな。脇坂のお殿さまが男谷精一郎との勝負に興味をお持ちとは、つゆほども知らなんだわ」

「安董公はいつもお心に掛けておいでです。羨《うらや》ましい御仁でござりますな。一介のご浪人でありながら、天下を統《す》べるご老中のお心を摑んでおられるのですから」

「ふん、嬉しくもない。かえって、面倒臭いだけだ」

「何を仰《おつしや》います。お武家さまも商人たちも、年末年始には藩邸のまえに行列をつくるのですぞ。音物を献じるためにござります。少しでも安董公の歓心を買おうと必死なのです。毬谷さまのようなご発言をなさる方は、ひとりもおりませぬ」

庄介は窘《たしな》めておきながら、ふっと微笑む。

「されど、お心に浮かんだことを正直に発するところが魅力なのかもしれませぬな。くふふ、あなたさまを気に入られるとは、いかにも、ひねくれ者の安董公らしい」

「お殿さまをひねくれ者と抜かすおぬしも、かなりの食わせ者だ。わしのほうこそ気に入ったぞ、播磨屋」

「手前は商人にござります。お金の無い方から気に入っていただいても、嬉しくも何ともありません」

「ふはは、益々《ますます》気に入った」

笑いがおさまったところで、庄介は膝を寄せてくる。

「ところで、本日は何のご用でござりましょう」

「おう、そうだ」

と、明るく言って口ごもる。

「じつは、亡くなった忍どののことで、ちと聞きたいことがあってな」

「えっ」

途端に、庄介は眉間《みけん》に皺を寄せた。

慎十郎は、自分でも可笑《おか》しいほどにうろたえる。

「いや、おもいだしたくないお気持ちはわかる。おはなしいただけぬようなら、遠慮はいらぬ、そう言ってくれ」

庄介は目を宙に泳がせ、しばらくじっと黙っていた。

そして、慎十郎が尻を浮かせかけたとき、静かに語りはじめた。

「哀れな忍のことをおもうと、煮え湯を呑まされた気分になります。おそらくは夫のことをおもい、よかれとおもって悪党の誘いに乗ったのでしょう。市井でのびのびと育った忍には、腹黒い相手の思惑など想像もできなかったに相違ない。手込めにされ、恥辱に耐えられず、舌を嚙みきったのでござります」

「腹黒い悪党とは、池谷弾正のことであろうか」

慎十郎の指摘に、庄介は顔を曇らせた。

「おそらく、策を講じたのは弾正にございましょう。されど、忍によこしまな情を抱いたのは息子の忠馬にございます」

「すると、忠馬が忍どのを」

言いかけて止めると、庄介がことばを引きとってくれた。

「証拠はございませぬ。ただ、夫の浜坂伊織之助が調べてまいりました。うらぶれた風体でここにまいり、人目もはばからずに忍の死を嘆いたのでございます」

「それはいつのはなしであろうか。つい先日、わしはこの目でみたのだ。すぐ近くの大路で浜坂どのが弾正の駕籠を襲ったのをな」

「されば、弾正が浜坂の両腕を断ったのもご覧になったことでしょう。浜坂がここにあらわれたのは、犬死にする前日にございます」

忍が亡くなった裏事情らしきものを耳にしても、庄介は動じなかったという。

「おおかたの筋は描いておりましたゆえ、不甲斐《ふがい》ない元夫につきあって嘆く気にはなりませなんだ。何せ、通夜にも葬儀にもすがたをみせなかった男にございます。すでに、死んだものと考えておりました」

慎十郎は浜坂の死に様に同情していたので、庄介の冷たい物言いに少なからず動揺した。

「池谷家は播州に縁の深い交代寄合にござります。下手に関われば、安董公にもご迷惑が掛かってしまうともかぎりませぬ」

「それで、沈黙をきめこんだわけか」

「ならぬ堪忍するが堪忍と胸に繰りかえしておりましたが、ご家老の赤松さまのもとへ池谷弾正が縁談を申しこんだと人伝《ひとづて》に聞き、さてどうしたものかと悩んでおりました」

「悩むことなどあるまい。池谷弾正と忠馬親子は武士の風上に置けぬ悪党なりと、お殿さまに訴えでればよかろう」

「さきほども申しましたが、確たる証拠はござりませぬ。証拠もないまま訴えても、正気を失った爺の世迷い言としか受けとられませせぬ」

「泣き寝入りする気か」

慎十郎の問いかけに、庄介は悲しげな目をしてみせる。

「毬谷さま、商人はお侍とちがいます。たとい、池谷弾正と忠馬の罪が明らかになったとしても、仇討《あだう》ちはみとめられませぬ。しかも、相手はあの男谷さまと互格に闘った男。いかに相手が憎くとも、泣き寝入りするしかないのでござります」

庄介は血を吐くようなおもいで喋っている。

それがわかるので、慎十郎は黙るしかなかった。

「浜坂が惨《むご》い死を遂げたあと、妹の冬が申しました。仇《かたき》を討とうとすれば、こちらも只《ただ》では済まなくなる。それは姉の望むことではない。もうこれ以上、血はみたくないと、冬は泣きながら懇願したのでござります」

慎十郎はうなずき、尻を重そうに持ちあげた。

「かたじけない。美味い茶を馳走《ちそう》になった」

「お帰りでござりますか」

「ふむ。池谷父子のことは、わしの一存で調べてみる」

「関わりのない毬谷さまが、何故、そこまでなさるのです」

「関わりは大いにある。浜坂伊織之助が斬られたところに行きあった。それこそが天啓であったやもしれぬ」

「天啓にござりますか」

「さよう、耳を澄ませてみよ」

慎十郎は耳に手を添え、上のほうにかたむける。

「ほれ、聞こえぬか。悪党を成敗せよと、神仏も仰せだ」

「まさか、知行六千石の交代寄合を斬るおつもりですか」

庄介は細い眼《め》を瞠り、身を乗りだしてくる。

慎十郎は首を捻り、邪気のない笑顔を向けた。

「斬るかどうかは、あやつらのやったこと次第さ。ただし、斬ると決めたら、誰が何と言おうと斬る。おぬしにも冬どのにも関わりはない。それがわしのやり方だ」

歌舞伎《かぶき》役者のように見得を切り、颯爽《さっそう》と袖をひるがえして歩きかけると、庄介が裸足《はだし》のまま三和土《たたき》に飛びおりてきた。

「お待ちください、毬谷さま」

「何だ」

振りむいた袖口へ、赤いお守りを突っこんでくる。

「外道成敗に効験あらたかな、毘沙門天《びしゃもんてん》のお守りにござります。どうか、お納めください」

「あいわかった」

凛々《りり》しく言いはなち、肩をそびやかせて見世の外へ出る。

慎十郎は往来を闊歩《かっぽ》しながら、もはや、やる気になっていた。

七

慎十郎は毘沙門天のお守りを握りしめ、その足で愛宕下の大名小路へ向かった。
幸橋御門を背にしてひとつ目の辻《つじ》を左に曲がれば、池谷家の屋敷がある。
高い海鼠塀《なまこべい》の上から、落葉松が太い枝を仰々しく伸ばしていた。
枝に止まっているのは嘴細《はしぼそ》の烏で、下を通りかかると糞《ふん》を飛ばしてくる。
慎十郎は苦い顔で通りすぎ、閉めきられた表門のまえに立った。
策もなければ勝算もない。
悪党の顔を拝んでやろうとおもっただけだ。
無論、人を斬ることは容易でない。
たとい、相手が悪党であろうとも、殺生すれば業《ごう》を背負うことになる。
許せぬという理由だけで突っ走ってはならない。
それくらいのことは、慎十郎にもわかっている。
討つべき相手の人となりを確かめねばならぬ。
そのためにやってきた。

討たねばならぬと確信できぬかぎり、一線を越える気はない。

次第に雲行きが怪しくなり、辺りは夕暮れのようになっている。

門を敲《たた》いても詮無いこととあきらめ、踵《きびす》を返して去りかけた。

するとそのとき、門が重々しく軋み、人影がひとつ出てくる。

咄嗟に知らぬ振りをきめこみ、ゆっくり歩きはじめた。

後ろから跫音《あしおと》が迫り、かたわらを追いこしていく。

ちらりと、横顔をみた。

池谷忠馬にまちがいなかろう。

太い眉といい、三白眼の眼差しといい、角張った顎といい、父親の弾正によく似ている。顔色は蒼白《あおじろ》く、からだつきは細身だが、五体から殺気を放っており、わずかでも癇《かん》に障ることがあれば、すぐにでも本身を抜きかねない危うさを感じさせた。

忠馬が四つ辻を曲がるや、慎十郎は駆けだした。

屋敷を抜けだして、何処へ行こうというのか。

殺気を放つ理由は何なのか、確かめねばなるまい。

四つ辻を曲がると、忠馬は十間（約十八メートル）ほどさきを歩いていた。

道は東海道と並んで走る日影町《ひかげちょう》通り、まっすぐ進めば芝神明へたどりつく。

途中の神保小路と交差する辺りで、忠馬は足を止めた。
小路のほうから、ふたつの人影があらわれる。
派手な色の着物を纏った若侍たちだ。
以前、同じような連中を目にしたことがある。
大身旗本の次男や三男、要するに禄無《ろくな》しの居候どもだ。
小悪党は群れるという。
忠馬は仲間ふたりと連れだって、往来を闊歩しはじめた。
神明社の門前町は広く、裏道が網目のように錯綜《さくそう》している。
酒を呑ます見世が軒を並べ、いかがわしい岡場所も控えていた。
三人は道沿いに建つ茶屋へはいり、酒を引っかけてすぐに出てくる。
同じことを五軒ほど繰りかえし、千鳥足で歩きはじめた。
どうやら、酔うことが目途であったらしい。
仲間のふたりは大声で喚《わめ》きちらし、忠馬だけは黙っている。
ふと気づけば、陰間《かげま》茶屋の集まる露地裏に迷いこんでいた。
――うおおん。
毛の剝げかけた野良犬が吠えている。

「それ、追いこめ」
忠馬が叫ぶと、仲間のふたりは犬の反対側へまわりこむ。
道の片側はどぶ川、反対側は板壁なので、逃げ場はかぎられている。
野良犬は追いたてられ、忠馬の足許を擦りぬけようとした。
「ふえい」
白刃が躍る。
「きゃん」
刹那、野良犬は首を落とされた。
抜き際の一刀である。
酩酊《めいてい》している男の太刀筋ではない。
名状し難い怒りが衝《つ》きあげてくる。
物陰に身を潜め、自制するのに苦労した。
三人はへらへら笑いながら、犬の死骸を背にする。
と、そこへ、お誂《あつら》えむきの餌食《えじき》があらわれた。
陰間茶屋の客と陰間だ。
客は初老の坊主で、立派な身なりから推すと、何処かの寺の住職だろう。

陰間は若衆髷の色男だ。

「ぬふふ、戒律破りの坊主がおるぞ」

「陰間を抱きながら経をあげてりゃ世話ないわ」

忠馬たちは何だかんだと難癖をつけ、坊主と陰間を煤《すす》けた板塀に追いつめていく。

「二匹とも、着物を脱げ」

と、忠馬が言った。

坊主が抗おうとするや、すかさず刀を抜いてみせる。

「そこに野良犬の死骸がある。ああなりたくなかったら、素直に言うことを聞け」

言われたとおりに着物を脱ぎ、坊主と陰間は真っ裸で震えだす。

「念仏を唱えながら、まぐわってみろ」

「……む、無体なことを仰るな」

「立たぬのか。ふん、そうであろうな。おい、陰間、坊主のいちもつを吸うてやれ」

陰間は抵抗もせず、坊主の股間《こかん》に屈みこむ。

「……お、お願いじゃ。堪忍してくれ」

半泣きで謝る坊主の縮まったいちもつを、陰間は懸命に吸いつづけた。

だが、すべては虚しい努力にすぎない。

忠馬が嘲笑った。

「情けないやつらめ、死ぬまでそうしておるがいい」

仲間のふたりは坊主の着物から財布を奪い、着物はぜんぶ丸めてどぶ川に放る。

慎十郎は目を伏せた。

もはや、我慢の限界だ。

はっとばかりに、物陰から躍りだす。

気配に勘づいた忠馬が、こちらに刀を向けた。

「何じゃ、おぬしは」

慎十郎はこたえない。

眸子を怒らせ、大股で間合いを詰める。

「おい、おぬしら」

煽られたふたりの仲間も刀を抜いた。

抜くやいなや、闇雲に斬りつけてくる。

「死ね」

頭上に迫る刃音を聞き、慎十郎は腰の刀を鞘ごと抜いた。

実家から拝借してきた藤四郎吉光だ。

本身は抜かず、鞘を振りあげる。

「むん」

鞘尻がひとり目の顎を砕いた。

さらに、突きかかってきた男の臑《すね》を蹴《け》り、前のめりに転ばす。

俯した男の盆の窪《くぼ》みに、鞘の鐺《こじり》を突っこんだ。

「ねげっ」

力は加減してやったつもりだが、重傷を負ったかもしれぬ。

そんなことは知らない。やられて当然の連中なのだ。

「わしはそやつらとちがうぞ」

忠馬は怯《おび》えた顔で喚いた。

ぎろりと、慎十郎は睨《ね》めつける。

「どうちがう。ちがいをみせてみろ」

「おのれ、野良犬め」

「なるほど、わしは野良犬かもしれぬ。されどな、下司《げす》な性根のおぬしに言われたかない」

「六千石の交代寄合を下司呼ばわりしたな。許せぬ」

忠馬は刀を大上段に掲げ、噛みつくほどの勢いで斬りかかってくる。

慎十郎は微動だにしない。

相手をぎりぎりまで呼びこみ、斜めに一歩踏みこんだ。

「ふん」

と同時に、鞘の鐺を突きだす。

——ぼこっ。

鈍い音がして、忠馬がその場にくずおれた。

鐺は顔面をとらえ、鼻の骨を陥没させていた。

「……お、おありがとう存じます。お武家さまには、御仏の功徳がござりましょう」

裸のふたりが地べたに蹲《うずくま》り、両手を合わせている。

慎十郎は気絶した忠馬の羽織を脱がし、身を寄せるふたりにかぶせてやった。

「ふん、生臭坊主が陰間を買って風邪をひいたら、洒落《しゃれ》になるまい」

「……か、感謝いたします。南無阿弥陀仏……」

辛気くさい念仏に顔をしかめ、慎十郎はその場から去っていく。

あのような残忍な男のもとへ、静乃を嫁がせるわけにはいかぬ。

池谷父子を成敗する目途が明確にみえてきた。

八

手の震えは怒りのせいか、それとも、興奮が醒《さ》めやらぬためか、判然としない。

本能のおもむくままにやってきたのは、本所亀沢町にある男谷道場だった。

陽《ひ》は落ちたので、周囲は薄暗い。

だが、冠木門《かぶきもん》の向こうに人の気配はある。

慎十郎は門を潜った。

暗い庭先で灯《あか》りも点《つ》けず、ずんぐりした体軀の人物が盆栽を剪定《せんてい》している。

達磨だ。

男谷精一郎そのひとにほかならない。

細い枝先がみえにくいだろうに、鋏《はさみ》を忙《せわ》しなく動かしている。

「この暗がりで、よくぞ剪定ができますな」

水を向けてみると、男谷は屈託なく微笑んだ。

「どなたかとおもえば、毬谷どのか。ふふ、これはさるお大名からお預かりした懸崖《けんがい》の松でな、買えば三百両はくだるまい」

「げっ、三百両の松の枝を無造作に剪定しておられるのか」

「みえておる。心眼でな。くく、これも修行のひとつよ」

「ほう」

感心してみせる慎十郎を手招きもせず、男谷は鋏を使いつづける。

「おぬし、まさか、人を斬ってきたのではあるまいの」

鋭く指摘され、心ノ臓がどきんと鼓動を打った。

「本身を抜いてはおりませぬ。少しばかり、痛めつけてやったまでのこと」

「鞘を使ったのか」

「はい。鐺で小悪党の鼻を潰してやりました」

「詮無いことを。若気の至りじゃな」

「後悔はいたしませぬ。男谷先生、じつはお願いしたいことがござります」

「先生などと呼ばぬことだ。わしはおぬしの師ではない」

「えっ」

「一度立ちあっただけで師と弟子の契りを交わすほど、男谷道場は甘くないぞ」

「はっ、考えが到りませなんだ」

素直に頭を下げると、男谷は豪快に嗤《わら》った。

「ぬはは、その素直さが美点じゃな。振り棒と頭捨ての鍛錬は積んでおるのか」

「一日も欠かさず、励んでおります」

「それは立派、褒めてつかわそう。で、頼みたいこととは何であろうな」

慎十郎は一拍間を置き、すっと背筋を伸ばした。

「気当を破る技を伝授いただけませぬか」

男谷は何もこたえず、ふたたび、鋏を使って剪定をやりだす。

ふたりのほかに人気はなく、暗さは増してゆくばかりだ。

――ぱちん。

鋏が肝心の枝を切りおとす。

男谷は、おもむろに口をひらいた。

「気当を破る技などない。ただし、心構えならある。それは、心をとどめぬことだ」

「えっ」

「『切る人も空、太刀も空、打たるる我も空なれば、打つ人も人にあらず、打つ太刀も太刀にあらず……』と、申したであろう。沢庵和尚の教えは、こうつづく。『……打たるるわれも稲妻のぴかりとする内に春の空を吹く風を切る如《ごと》くなり。いっさいとどまらぬ心なり。風を切ったは太刀に覚えもあるまいぞ』とな。心をとどめぬことを、和尚は『石火《せっか》の機《き》』とも申しておる。燧石《ひうちいし》を打つのと火が出るのは同時で、思念を挟む余地もない。まさしく『石火の機』にこそ、空の神髄はある」

「腑《ふ》に落ちませぬ」

「さもあろう。わしとて、空の神髄など会得しておらぬ。二十歳のおぬしにわかるはずはない。そもそも、わかろうとすることがまちがいなのだ」

沢庵和尚の教えを受けて著された『柳生流新秘抄』にはこうあると、男谷は淡々とつづける。

「『敵何ように打とうとも、小太刀を突支て千変万化にもかまわず、太刀のぴかりとするところへ、初一念を直ぐに打込むべきなり』と」

「『初一念を直ぐに打込むべきなり』でござりますか。ふむ、それならば腑に落ちまする」

「さようか、ならば、それが返答じゃ。して、誰を斬る」

男谷に鋭く切りかえされ、慎十郎は即答した。

「交代寄合、池谷弾正にござりまする」

ほっと、溜息が漏れた。

「まさか、そうくるとはおもわなんだ。なるほど、池谷さまは気当を得手とされてお

「ご存じなのですか」

「無論、知らぬはずがない。わしが免状を与えた相手じゃ」

「されば、人となりもおわかりなのでしょうか」

「得体の知れぬところがある。刀剣の蒐集に凝っておられてな、ことに古備前物《こびぜん》なら金に糸目をつけぬと、目を輝かせておられたわい」

「古備前物」

慎十郎は、浜坂が両腕を断たれたときのことをおもいだしていた。

――さすが包平、うっとりするような斬れ味よ。

と、あのとき、弾正は漏らした。

古備前物とは平安期ごろの名匠によって鍛えられた太刀のことで、姿形の流麗さから源平の名だたる武将たちに好まれた。包平は誰もが知る名匠のひとりだ。本阿弥家《ほんあみ》の折紙でも名刀とされる古刀を何振りも鍛えた。

男谷はつづける。

「力量は道場でも群を抜いておる。才もあり、鍛錬を惜しまぬ真面目《まじめ》さも備えておるとなれば、ほかの門弟の手前、免状を与えぬわけにもいくまい」

「先生から二本目を取ったと聞きましたが、まことにございますか」

羨望《せんぼう》を込めた口調で問うと、男谷はあっさりみとめた。

「『面影《おもかげ》』にやられた。池谷さまは、わしに幻影をみせたのじゃ」

幻影に上段を浴びせた瞬間、眼下から竹刀の先端が膨らむように伸びてきたのだという。

「眼下から」

「さよう。『面影』は直心影流の秘伝じゃ。教えもせぬのに、あのお方は習得しておられた」

「されば、三本目はいかにして取ったのでござりましょう」

「心眼にて勝ちを拾うた」

「えっ、心眼にござりますか」

「ことばで説くのは難しい。打ちかかってきなさい」

いつのまにか、男谷の人影が眼前に茫洋《ぼうよう》と佇んでいる。

「遠慮はいらぬ。本身で掛かってくるがよい」

慎十郎は躊躇《ちゅうちょ》しながらも、腰の藤四郎吉光を抜いた。

闇に蒼白く光る刃が、妖刀《ようとう》のおもむきを帯びてくる。

「まいります。きえっ」

文字どおり、男谷の幻影を斬るつもりで真っ向から斬りおろす。

いや、斬りおろそうとするや、男谷が眼下から伸びあがってきた。

「ふえっ」

ちくりと、鼻の穴に痛みが走る。

つぎの瞬間、慎十郎は「くしゅっ」と、くしゃみをした。

男谷はとみれば、少し離れたところに立ち、微笑んでいる。

翳《かざ》した指に摘まんでいたのは、松の葉であった。

「……ま、まさか、松の葉でそれがしの鼻の穴を突かれたのか」

「さよう。闇で対峙するのは、目を瞑《つむ》るのと同じこと。目を瞑れば、幻影をみずとも済む。わしは目を瞑り、三本目に挑んだ。勇気の要ることではあるがな、目に頼らねば気の流れが手に取るようにわかる。気を操る相手であれば、なおのこと、よくわかる。気を放った瞬間、まさに、稲妻がぴかりと発するのよ。あとは先人の教えにしたがい、石火の機をとらえて初一念を直ぐに打込めばよい」

「ふうむ」

慎十郎は唸った。勝負の奥深さを垣間見《かいまみ》たような気がしたのだ。

「それ以上、教えることはない。生きてまた再会できたときは、おぬしはわしの眼前に立ちはだかる峻崖となっておるやもしれぬ。剣とはそういうものじゃ。何かのきっかけで、遥かな高みへ到達することもできる」

勇気の出ることばだった。

「かたじけのうござります」

慎十郎は深々と頭を垂れ、真っ暗な庭に背を向けた。

――ぱちん、ぱちん。

門から外に出ると、剪定の音が聞こえてくる。

「心眼でみておられるのか」

納得してうなずき、堀川沿いの道を歩きだす。

「一筆啓上つかまつる」

慎十郎の念頭には、池谷弾正に届ける果たし状の文言が浮かんでいた。

九

二日後、咲はそれとなく、慎十郎の帰りを待っていた。

一昨日の夜、慎十郎が玄関先で叫んだ台詞《せりふ》が忘れられない。

「咲どの、世話になった。その気があれば、亥中《いなか》ノ月に武運を祈ってくれ」

それきり、ぷっつり消息を絶ってしまったのだ。

胸騒ぎを禁じ得ない。

また何か、とんでもないことをしでかすのではないか。

すでに、陽は落ちていた。

月の出までは二刻（約四時間）ほどあるが、雪雲が空を覆っている。

亥中ノ月を拝めるかどうかはわからない。

一徹は早々と寝所に引っこんでしまった。

「ん」

耳を澄ませば、誰かの跫音が近づいてくる。

慎十郎か。

咲はぱっと顔を明るくさせた。

跫音は門前で止まり、入るか入るまいか、ためらっている。

ちがう、慎十郎ではない。

咲は立ちあがり、手燭《てしょく》を取るや、道場を突っ切って玄関へ向かった。

暗がりに、細身の人影が立っている。

誰かはすぐにわかった。

「咲どの、石動友之進にござる」

がっかりすると同時に、いっそう不安が募る。

慎十郎の身に何かあったのだろうか。

「咲どの、失礼つかまつる」

友之進は門の敷居をまたぎ、玄関先へやってきた。

咲は手燭をかたむけ、道場の内へ誘おうとする。

「それにはおよびませぬ。やはり、慎十郎は戻っておらぬようですな」

「何かあったのですか」

「あやつめ、果たし状をしたためました。六千石取りの交代寄合を相手取り、尋常な勝負を申しでたのでござる」

「仰ることがわかりませぬ」

「申し訳ない」

友之進は溜息を吐《つ》き、事の次第を早口で説きはじめた。

「相手は池谷弾正と申しましてな、播州に知行地を有する大身にござります。ご存じのとおり、交代寄合は大名に準じる格式ゆえ、参勤交代もみとめられております。あの莫迦は、それほど大きな家の当主に喧嘩を売ったのです。されど、慎十郎の気持ちもわからぬではない。弾正め、図々しくも、静乃さまを子息の嫁にほしいと、ご家老の赤松さまに申しこんでまいりました。念のため素行を調べてみたところ、とんでもない悪党であることが判明しましてな」

咲の動揺を顧みることもなく、友之進は池谷父子の暴挙悪行を並べたてた。

「なかでも許せぬのは、刀剣の様斬《ためしぎ》りにござる」

池谷弾正はみずから刀剣を蒐集するだけではあきたらず、大身旗本や大名家の重臣に請われれば刀の様斬りをおこない、けっこうな謝礼を貰《もら》っていた。

「出入りの刀剣商とはからって贋作《がんさく》を本物と偽り、とんでもない高値で商人に売りつけたりもしております。それだけではない。様斬りにされたなかには、生身の罪人もふくまれておったとか」

眉をひそめざるを得ないはなしだ。

様斬りをおこなっているのは弾正だけでなく、忠馬もみずから願いでて刀を握っているという。

「とんでもない父子でござる。ご家老も憤慨なされ、さっそく破談を申しいれる段取りを」

咲は苛立ちを隠しきれず、問いを口にした。

「池谷父子の悪行はわかりました。されど、何故、慎十郎さまが果たし状をしたためねばならぬのです」

「慎十郎の性分はご存じでしょう。正義に反することは許せぬ、みてみぬふりができぬのです。無論、それだけではない。静乃さまのこともござります。静乃さまを強く恋慕するあまり、果たしあいなどという暴挙に出ようとしているのです」

「何と」

「あやつらしいと言えば、それまでにござる」

咲は気を取りなおし、冷静に頭を回転させる。

「それで、果たしあいの日取りと場所は」

「わかりませぬ。果たし状をしたためたことも、播磨屋から聞いて知りました」

「播磨屋」

「御用達の醬油問屋でござる。冬という孫娘が静乃さまの侍女をつとめております。三月前にじつの姉が自害しましてな、池谷父子との関わりが疑われております」

姉の忍が舌を嚙みきった経緯を聞きながら、咲は冬という娘の淋しげな顔をおもいうかべた。

「播磨屋は慎十郎に毘沙門天のお守りを託したそうです。お守りのなかに小判が一枚入れてあったらしく、慎十郎は律儀にも小判を返しに訪れたとか」

何やら様子がおかしいので問うと、慎十郎は果たし状をしたためたことを喋った。

播磨屋は口止めされていたが、悩んだあげく、そのことを豪右衛門のもとへ報《しら》せにきたのだという。

「つい、今し方のことでござる。それゆえ、拙者は駆けまわっておるのです。慎十郎は芝切通《しばきりどおし》のことをしきりに知りたがっていたらしく、播磨屋はそこが果たしあいの場所ではないかと申しておりました。わからぬのは日付でござる」

「あっ」

咲の脳裏に、慎十郎の発した台詞が蘇《よみがえ》った。

——亥中ノ月に武運を祈ってくれ。

と、たしかに言ったのだ。

「今宵です。今宵の亥ノ刻が果たしあいの刻限にまちがいありませぬ」

興奮した咲の顔をじっとみつめ、友之進はうなずいた。

「なるほど、二十日亥ノ刻(午後十時頃)、芝切通にて待つ、ということか」

「友之進さまは、どうなさるおつもりですか」

「助太刀をしたい気持ちはあります。されど、ご家老にそれだけはならぬと命じられております」

「どうして」

「拙者が龍野藩の藩士だからでござる。相手は関わりの浅からぬ交代寄合、正面切ってやり合えば藩に迷惑が掛かるのは必定。それに、池谷弾正が慎十郎の誘いに応じる保証もありませぬ」

「なるほど」

咲は俯《うつむ》いてしまう。

自分の為すべきことを沈思する。

だが、友之進に咲の心情はわからない。

「申し訳ござらぬ。関わりのない咲どのに詮無いはなしをくどくどいたしました。万が一、慎十郎が命を落としても、それはあやつが選んだ道にござる。われわれが悔やむことではない」

薄情に聞こえたが、冷静に考えれば、友之進の言うことはもっともだ。

慎十郎はいつものように、勝手に先走っている。

しかも、静乃を守るため必死になっているのだ。
好きにすればいい。自分には関わりない。
意地でも関わるものかと、咲はおもった。
「されば、これにて失礼つかまつる」
友之進は一礼し、闇の向こうへ去っていく。
咲は虚しさを感じていた。
暗い空から、ちらちらと白いものが落ちてくる。
拝んでくれと頼まれた月の出は、期待できそうにない。
月が出なければ、武運を祈ることもできぬではないか。
友之進が言ったとおり、池谷弾正があらわれる保証はない。
少なくとも、ひとりでのこのこやってくるはずはなかろう。
おそらく、家来どもを大勢引きつれてくるにちがいない。
慎十郎は絶対不利な条件下で死闘を余儀なくされる。
たとい、そうであったとしても、すべては慎十郎の望んだ道なのだ。
冷えきった掌を翳すと、雪は触れたそばから溶けてしまう。
「儚《はかな》い」

人の命も雪のようなものかもしれない。

自分の出る幕ではないと、咲は胸に言いつづけた。

十

慎十郎は燃えさかる炎を背に立っている。

切通の坂上に築いた篝火《かがりび》であった。

それ以外に準備したものはない。

藤四郎吉光を腰に帯び、身ひとつで待ちつづけている。

篝火の後ろには、増上寺の北面口を守る涅槃門《ねはんもん》が聳《そび》えていた。

切通は涅槃門の間際から七十六間余り坂を下り、青松寺《せいしょうじ》の東南にいたる。坂道をふくむ長さは百三十間余りにおよび、坂口の横幅は四間余り、中腹の辺りで横幅は十四間ほどに広がる。増上寺の脇から飯倉へ抜ける近道として知られ、坂下には居酒屋や団子茶屋や菰張《こもばり》の浄瑠璃《じょうるり》小屋なども見受けられた。古着屋などの売見世も軒を並べており、昼間はけっこうな人通りがあるものの、夜になれば閑散として山狗《やまいぬ》の遠吠えしか聞こえてこない。

さきほどまで舞っていた雪はやみ、群雲の隙間から月が覗いている。

亥中ノ月だ。

――ごおん。

やけに大きな鐘の音が、約束の刻限を報せてくる。

あの月に向かって、咲は拝んでくれているだろうか。

後悔している。

未練がましい台詞を吐いてしまった。

池谷弾正は来ない。

一刻も前から待っている。

夜が明けるまで待つつもりでいた。

あきらめのわるい性分が恨めしい。

切通を選んだのは、擂《す》り鉢《ばち》の地形が気に入ったからだ。

強風に身を晒《さら》せば、気当の影響を受けにくいと考えた。

今は後悔している。

擂り鉢の底を這《は》うように吹きぬける風が冷たすぎた。

じっとしていると、爪先まで凍ってしまいかねない。

涅槃とは、苦のなくなった悟りの境地ともいう。
慎十郎は、男谷精一郎のことばを反芻《はんすう》していた。
――目に頼らねば気の流れが手に取るようにわかる。
先人の教えを信じよと、みずからに念じつづけた。
――石火の機をとらえて初一念を直ぐに打込めばよい。
男谷は再会を望んでくれた。
かならずや生きのこり、あの場所へ戻らねばならぬ。
四半刻《しはんとき》（約三十分）ほど経った。
切通の下方に、ぼっと松明《たいまつ》が灯《とも》る。
「来おった」
予想どおり、相手は大人数だ。
どうせ、ほとんどは雑魚《ざこ》であろう。
ぺろりと、慎十郎は乾いた唇を舐めた。
何人頭数を揃えようと、狙う相手は池谷弾正しかいない。
肝心なのは、弾正本人が出向いてくるかどうかだ。
「おるぞ」

一団を率いているのは、弾正にほかならなかった。

白い布で鼻を隠した忠馬も随行している。

刀を何本も抱えた商人も後ろにしたがえていた。

様斬りをしたいのだなと、慎十郎は察した。

一団はぞろぞろ坂を上り、表情がわかるところまで近づいてくる。

弾正が叫んだ。

「毬谷慎十郎、おぬしは阿呆《あほう》か」

さらに大股で歩みより、嘲るように言いはなつ。

「愚か者め、わしにとっておぬしは好餌にすぎぬ。様斬りの餌にしてやるから待っておれ」

「ふん、贋作の刀で斬られるほど間抜けではないわ」

胸を張ってうそぶくと、弾正は眦《まなじり》を吊《つ》りあげた。

慎十郎は「ぬははは」と、顎が外れるほど大笑してみせる。

「調べてわかったぞ。おぬしを恨む者は多くてな、悪行の数々を教えてもらったわ。おぬし、罪人を生身のまま斬ったらしいな。さようなことは公儀が許さぬぞ。それでな、ひとつわかったことがある。おぬしら父子を生かしておいては世のためにならぬということだ」

「小癪な、口の減らぬ若造め」

弾正は顎をしゃくった。

「ものども、あやつを引っ捕らえろ。腕の一本や二本は斬ってもよいが、致命傷だけは与えるな。よいか、生きてわしのまえに連れてくるのじゃ」

「ぬわああ」

忠馬がまっさきに喊声《かんせい》をあげ、白刃を抜きはなった。

鼻を潰された恨みを晴らすつもりであろう。

忠馬の両脇から、家来どもが飛びだしてくる。

慎十郎は吼えた。

「命の惜しい者は去れ。さもなければ、斬らねばならぬ」

藤四郎吉光を鞘ごと抜き、突きかかってきた家来の脳天に叩きつける。

ひとり目が白目を剝くや、背後の連中は息を呑んだ。

誰もが「毬谷慎十郎」の剣名を知っている。

道場破りで並みいる剣豪に打ち勝った噂を小耳に挟んでいるだけに、巨木のように佇む若武者の気迫に圧されてしまうのだ。

「何をしておる、斬りつけよ。向かわねば、わしが斬るぞ」

忠馬は声をひっくり返し、家来の背中を斬りつけた。

「ひぇっ」

煽られた連中が白刃を掲げ、闇雲に突っこんでくる。

「ぬえい」

慎十郎は白刃を鞘で撥《は》ねのけ、鐺で相手の急所を突いた。

が、何しろ、人数が多すぎる。

闇が人のかたちになり、つぎつぎに襲いかかってくるかのようだ。

五人目で鞘が割れた。

吉光の本身があらわになると、後方に控える弾正が感嘆の吐息を漏らした。

「業物《わざもの》ではないか。銘を教えよ」

「藤四郎吉光、家斉公よりご拝領の宝刀よ」

「嘘を申すな」

「まことだ。おぬしの番刀が持っておるような鈍刀《なまくら》ではないぞ」

「ならば、確かめてやろう。おい、誰か弓を放て」

命じられた三人が並びたち、重籐《しげとう》の弓を構えた。

忠馬たちがさっと逃げるや、至近から狙いを定める。

――びん、びん、びん。

ほぼ同時に放たれた三本の矢が、慎十郎の胸に飛来した。

「うおっ」

吉光を縦横に払い、二本までは落とす。

三本目の矢だけは、左胸に突きたった。

「ぬぐっ」

分厚い胸板のおかげで、心ノ臓までは届かない。

しかし、痛みのせいで気が遠くなりかけた。

「それ、掛かれ」

忠馬の合図で、家来どもが殺到する。

さすがの慎十郎も防戦一方となり、篝火まで後退して背中を火傷《やけど》した。

「もうひと息だ、たたみかけろ」

不覚にも、家来の刃が脇腹を浅く剔《えぐ》る。

顔面にも白刃が迫り、鬢を裂かれた。

流れた血を舐めると、鉄の味がする。

なかば死を覚悟したとき、切通に一陣の風が吹きぬけた。

「ぬわっ」

「ひぇっ」

家来どもが悲鳴をあげ、その場に倒れていく。

慎十郎は目を擦った。

若衆髷の侍が剣の舞いを演じている。

助っ人だ。

袖に白襷《しろだすき》を掛けていた。

弓を携えた三人に迫り、瞬く間に倒してみせる。

助っ人は動きを止め、弾正に向かって見得を切った。

「丹波咲、推参」

凜然と発せられた声に、慎十郎はうっとりしてしまう。

まさに、百人力の助っ人であった。

ところが、つぎの瞬間、おもいもよらぬことが起こった。

咲のからだが、藁《わら》人形のごとく宙に飛ばされたのである。

「ふはは、丹波道場の小娘が。わしに刃向かうのは百年早いわ」

気当だ。

弾正が両掌をひらき、咲に気の玉をぶつけたのだ。

「ひゃはは、ざまあみろ」

忠馬は、手を叩かんばかりにはしゃいでいる。

気づいてみれば、まともに立っている家来はひとりもいない。

咲は頭を左右に振り、何とか立ちあがりかけた。

「ねい」

が、ふたたび気の玉を当てられ、坂下へ飛ばされてしまう。

「許さぬ」

慎十郎は脱兎《だつと》のごとく駆けた。

真横から、忠馬が斬りつけてくる。

「ぬりゃっ」

避けもせず、吉光を振りぬいた。

「ぎゃっ」

忠馬は袈裟懸《けさが》けに斬られ、瞬時にこときれる。

血飛沫も屍骸も、慎十郎にはみえていない。

眸子を瞑っているのだ。
疾駆するさきには、弾正の気配がわだかまっている。
「ねい」
鋭い気合いとともに、気の玉が飛んできた。
ふっと首を捻り、後ろに逸らす。
「ねい」
さらに、第二波が来た。
これも巧みに躱し、なおも迫る。
感じるのだ。
気の流れが、手に取るようにわかる。
「猪口才《ちょこざい》な」
気当が効かぬと悟り、弾正は白刃を抜いた。
慎十郎は、かっと目を開ける。
的がみえた。
――太刀のぴかりとするところへ、初一念を直ぐに打込むべきなり。
泥牛《でいぎゅう》のごとく、頭から突っこんでいく。

「くえっ」

鼻先にあるのは、驚愕《きょうがく》する弾正の顔だ。

「ぬりゃ……っ」

無心で繰りだした渾身《こんしん》の一刀は、悪党の胸を深々と貫いていた。

貫いた。

「ぎょえええ」

断末魔が、切通に響きわたる。

ずるっと、屍骸が地に落ちた。

夥しい返り血を浴びても、慎十郎は動くことができない。

熱い。

篝火のなかに飛びこんだかのようだ。

五体を駆けめぐる熱い血のせいであろう。

「慎十郎さま……」

坂下から、咲がゆっくり近づいてくる。

あまりに神々しく、天から舞いおりたやにおもわれた。

咲は黙って身を寄せ、ざんばらになった髪を後ろで束ねてくれる。

そして仕上げに、元結を赤い糸で結んでくれた。
無粋な慎十郎に、糸で結んだことの意味はわかるまい。
咲はそれでよかった。
無粋なままの慎十郎でいい。
願いを受けとめた寒月が、蒼々とふたりの影を映しだす。
「咲どの……か、かたじけない」
礼を言ったそばから、何故か、涙が溢《あふ》れてきた。
強がってはいても、やはり、恐かったのだ。
死ぬのが恐かった。
こうして生きているのが、奇蹟のようにおもえてくる。
ありがたい。
心底から、そうおもった。
だから、泣けてくるのだ。
咲はさらに身を寄せ、肩をそっと抱いてくれる。
ぬくもりが永遠のように感じられ、慎十郎は涙が止まらなくなった。

十一

暮れも押しせまってきた。

矢傷がようやく癒《い》えたので、まっさきに男谷道場へ出向いたのだが、肝心の男谷精一郎は数日前に公用で上方に旅立ってしまったらしかった。

応対にあらわれた島田虎之助は呵々《かか》と嗤いながら、池谷父子のことを「おぬしが斬らねば、わしが斬っておった」と告げた。先生が戻ったら立ちあってくれるそうだとも言うので、いつ戻ってくるのか聞くと、知らぬという。

仕方なく丹波道場へ戻ると、友之進が待ちかまえていた。

芝口の藩邸へ参上せよということらしい。

赤松豪右衛門の命だと聞き、鬱々とした気分になった。

よくて小言、わるければ交代寄合を斬った罪人として縄を打たれるかもしれない。

咲は出稽古で留守にしていた。一徹は素知らぬ顔をしたが、ともかく、友之進に従いていくしかない。

仏頂面で押し黙ったまま、藩邸へやってきた。

冬日和で、往来には朝陽が降りそそいでいる。

表玄関ではなく、脇道から裏手の庭へ招かれた。

友之進は緊張した面持ちで、件《くだん》の四阿へ導いていこうとする。

慎十郎は足を止めた。

「待ってくれ、いきなり白刃はごめんだぞ」

「案ずるな」

友之進は怒ったように言い、四阿の少し手前で止まった。

そして、こほっと空咳を放ち、慎十郎の到来を告げる。

刹那、芳香が放たれた。

花模様に彩られた裾《すそ》を揺らし、天女とも見紛う娘があらわれる。

「……し、静乃どの」

呆気《あっけ》にとられていると、友之進に窘められた。

「頭が高いぞ、慎十郎」

「へへえ」

素直に聞きいれ、地べたに両手をつく。

自分でもおかしいほど、小さくなってみせた。

「毬谷さま、おやめください」

発せられた声は美しく、小川のせせらぎでも聞いているかのようだ。

慎十郎は顔を持ちあげ、静乃の顔をまじまじとみつめた。

「その元結、赤くて可愛らしいですね」

「えっ」

おもいがけない指摘に、こたえる術もない。

静乃の後ろには、侍女の冬が控えていた。

「冬はわたくしにとって、じつの妹も同然の娘です。小石文のことは冬に聞きました。わたくしのことを慮《おもんぱか》って、ついやってしまったことなのです。どうか、許してあげてください」

「はあ」

小石文が侍女の仕業だったと改めて知り、慎十郎はがっかりした気持ちになる。

それでも、静乃にこれほど間近から声を掛けてもらえるのならば、たいしたことではなかった。

「播磨屋のご主人から、事のあらましはお聞きしました。交代寄合の池谷さまがどのようなお方であったのかも、冬がどれほど悲しい気持ちになっていたのかも、何ひとつ知らなかったことが申し訳なくて……されど、毬谷さまがすべて解決してくださったのですね」

「いいえ、それがしは何も」

「ご謙遜《けんそん》なさるとは、毬谷さまらしゅうもない。お祖父《じじ》さまが申しておりましたぞ。『あれほど礼儀知らずで胆の据わった若造を知らぬ』と。うふふ、四年前に助けていただいたときと、ちっとも変わっておられませんね」

静乃は双親を幼いころに病で亡くし、祖父のもとで育てられた。祖父の豪右衛門は孫娘を憐れにおもい、好きなものは何でも与え、行きたいところがあれば連れていったと聞いていた。蝶《ちょう》よ花よと育てられた娘にしては、気品のある堂々とした佇まいを備えている。武家の娘としての嗜みだけは、厳しく躾《しつ》けられたのだろう。

慎十郎は何か喋りたかった。

ところが、いざとなると、ことばが出てこない。

何を喋ったらよいのか、さっぱりわからないのだ。

「頑固爺……いえ、ご家老さまは、それがしを罰せぬのでしょうか」

「罰するなどと、妙なことを仰いますね。池谷父子は流行病《はやりやまい》で頓死なさったのですよ。そういうことにしておけと、お殿様が囁かれたそうです」

「安董公が」

「はい。毬谷さまのご活躍を、たいそうお喜びだとか。『破天荒なところをお気に召されているのだ』と、お祖父さまから聞きました」

隣で傅《かしず》く友之進は羨ましげだが、慎十郎は褒められている気がしない。

「追って、褒美のお沙汰がありましょう」

褒美などいらぬ。

こうして、静乃と再会できただけで充分だ。

そうだ、この機を逃してはならぬ。

積年の恋情を伝えねばと、慎十郎はおもった。

しかし、先に口を開いたのは、静乃のほうだった。

「されど、忘れてはならぬのが、女剣士として名高い丹波咲どののご活躍です。危ういところを救っていただいたそうですね」

「たしかに、救ってもらいました。されど、どうしてそのことを」

静乃は黙ったまま、友之進に目を移す。

友之進は顔を赤らめ、代わりにこたえてみせた。

「提灯《ちょうちん》持ちの刀剣商を捕らえ、切通であったことを吐かせたのだ」

そう言えば、刀剣商は腰を抜かして動けなくなっていた。

静乃は何故か、悲しげな表情を浮かべてみせる。

「赤い糸には、愛《いと》おしいという意味が込められております。もしや、その元結、咲どのに結んでもらったのでは」

「げっ」

驚いて声が出た。

小石と同様、糸にも深い意味があるとでもいうのか。

「やはり、おそばにおられる方にはかないませぬ。わたくしは遠くから、毬谷さまのご活躍を見守りとうござります」

それは本心なのかと、問いかける暇も与えられない。

静乃は一礼すると背を向け、朱の太鼓橋のほうへ遠ざかっていった。

冬は名残惜しそうに何度も振りかえり、そのたびにお辞儀を繰りかえす。

慎十郎の胸には「落胆」の二文字しかない。

「ま、そういうことだ」

友之進が嬉しそうに告げてきた。

頬面《ほおづら》を叩きたくなり、ぎろりと睨みつける。

「おいおい、八つ当たりは御免だぞ。咲どのの気持ちも考えてみろ」

忘れていた。そのとおりだ。

命懸けで助っ人に来てくれた咲を粗略に扱ってはならぬ。

が、あくまでも、咲は剣の道をともに進む朋輩であった。

剣を交えることで喜びを感じる相手なのだ。

いや、そうとも言いきれぬ。切通で元結を結んでもらったとき、からだの芯が痺れるほどの疼きをおぼえた。あの気持ちは何であったのか、自分でも説明のしようがない。

「ああ、くそっ」

慎十郎は立ちあがり、四阿の裏に植わった松の木に近づいた。

何もかも忘れ、頭を空っぽにしたくなったのだ。

――どん、どん。

松の木に両手をつき、額をおもいきり叩きつける。

「おい、何をしておる」

「頭捨てに決まっておろうが」

驚く友之進にたいし、振りむきもせずにこたえた。

口惜しさと不甲斐なさと甘酸っぱい思い出と、綯《な》い交《ま》ぜになったあらゆる感情が打ち砕かれていく。

ともあれ、女心ほど厄介なものはない。

太い幹に額をぶつけながら、慎十郎はそうおもった。

風雲来たる

一

松明けの睦月《むつき》八日は薬師の縁日、一徹が茅場町《かやばちょう》の瑠璃光薬師《るりこうやくし》まで散策がてら詣《まい》りにいこうと言いだしたので、慎十郎は一徹と咲に従《つ》いて道場を出た。

明け六つ（午前六時頃）の鐘の音を聞いてから、まだ四半刻《しはんとき》（約三十分）と経《た》っていない。

朝靄《あさもや》に包まれた神田川を渡ると、筋違御門《すじかいごもん》前の八つ小路に大勢の野次馬が集まっている。

「何であろうな」

「稲妻小僧《いなずまこぞう》の引きまわしだよ」

子連れの嬶《かか》ぁに教えられ、鈴生《すずな》りの人垣に並んで待った。

「見物せぬ手はあるまい」

一徹もそう言い、人垣の前面へ押しでようとする。

重罪人の引きまわしは、小伝馬町《こてんまちょう》の牢屋敷《ろうやしき》から出て千代田城の外郭を巡り、両国から浅草を抜けて小塚原《こづかっぱら》の刑場へ向かう。日本橋、四谷御門、赤坂御門、両国などの橋詰めや広小路には捨札が立ち、引きまわしの行列は半日掛かりで地獄のとば口へ向かうのだが、道中の始まりに近い筋違御門前にも罪状の記された捨札は立っていた。

——頭目荒戸権之丞《あらとごんのじょう》以下、手下辰吉《たつきち》、佐五郎《さごろう》、七郎太《しちろうた》、四郎兵衛《しろべえ》の五人からなる稲妻小僧は関八州《かんはっしゅう》ならびに上方一円を擾乱《じょうらん》せし盗賊なり。さきごろ、権之丞は肥後人吉《ひごひとよし》領内にて、手下四人は府内にて捕縛せり。多数の商家より金品を強奪し、罪無き人々を殺《あや》めた残虐非道の輩《やから》にて候えば、睦月八日をもって重々見懲らしの上磔《はりつけ》に処するものなり。

捨札を読まずとも、誰もが稲妻小僧の行状を知っている。

捕まってほっとしているのは、大店《おおだな》の旦那《だんな》たちであろう。

ここ数年、幕府も威信を賭《か》けて一味の探索にあたってきた。当初は江戸町奉行が陣頭指揮に立っていたものの、一味の出没が東海道筋や上方へおよぶにいたって手がまわらなくなり、火盗改《かとうあらため》や大坂町奉行所や各藩の協力も得なければならず、幕閣から追捕の切り札が投入された。

寺社奉行として数々の実績をあげてきた脇坂安董が担ぎだされ、一味の捕縛に本腰を入れることとなり、それからさらに三年の歳月を経て、ようやく稲妻小僧を捕まえることができたのである。

慎十郎は何ひとつ知らない。

稲妻小僧の名も聞いたことがなかったし、安董が兇悪《きょうあく》な盗賊一味を捕縛するのにどれだけの労力を費やしたのかも知らなかった。引きまわしが面白そうなのでみてみたいという、ただそれだけの理由で沿道に佇《たたず》んでいる。

人垣のなかに混じっても、頭ふたつほど大きいのですぐに慎十郎とわかった。

案の定、見知った顔が笑顔で近づいてくる。

石動友之進だ。

「慎十郎、おぬしを捜しておったのだ」

一徹や咲への挨拶《あいさつ》もそこそこに、かたわらへ身を寄せてくる。

「捨札を読んだか」

「いいや」

「頭目の荒戸権之丞が捕縛されたのは、肥後の人吉領内と記してある。権之丞の生家は人吉藩の足軽だったらしくてな、馴染《なじ》みのある故郷に隠れているところをみつけられたのだ」

「それがどうした」

「まあ聞け。権之丞はタイ捨流《しゃりゅう》の練達でな、体術に秀でており、牛若のごとく縦横無尽に空を舞うこともできると聞いた。さような化物じみた男を、みつけたとしても容易に捕らえられるとおもうか。ところがな、たったひとりで捕らえた人物がおった。毬谷慎九郎、おぬしの兄上さ」

「えっ」

大きい声をあげたので、前に立つ一徹と咲が振りむいた。

友之進は自慢げに胸を張り、ふたりにも丁寧に教えてやる。

「稲妻小僧の頭目を捕らえたのは、慎十郎の次兄なのですよ」

廻国《かいこく》修行で九州一円を経巡っていた折、慎九郎は偶《たま》さか立ちよった人吉城下の町道場で申しあいを望んだ。そのときに応じた師範代が、道場に潜んでいた権之丞であった。木刀を使った勝負で慎九郎は相手の肋骨《ろっこつ》を折ったが、まさか、その相手が天下を騒がせる盗賊一味の頭目だとはおもいもしなかったらしい。権之丞の正体を知っていた道場主の願いを聞きいれ、慎九郎自身が縄を打ったのだという。

「今から半年ほどまえのはなしにござる」

権之丞はいったん人吉藩お預けとなったが、急遽《きゆうきよ》派遣された公儀の役人に引きわたされ、船で上方へ移送されたのち、厳重な警戒のもと、唐丸駕籠《とうまるかご》で東海道を遥々《はるばる》江戸へ運ばれてきた。関八州で多くの商家を荒らしまわった経緯から、江戸府内で見懲らしの引きまわしをすべきとの意見が採用されたからだ。

権之丞捕縛の噂《うわさ》は瞬く間にひろがり、府内に潜伏していた一味のひとりが逃げられぬと悟ってみずから捕まった。その者の証言によって残りの手下も芋蔓《いもづる》の要領で捕まり、公儀は面目を立てることができた。

「一方、稀《まれ》にみる手柄をあげたにもかかわらず、慎九郎さまは人吉からふらりと居なくなられました。わが殿は捜しだして褒美を与えねばならぬと仰せですが、何処《どこ》におられるのか皆目見当もつきませぬ」

友之進のはなしに、一徹は眸子《まなこ》を輝かせた。

「おもしろい。こやつにさような兄上がおられたとはな」

咲も興味をしめすので、慎十郎は苦笑せざるを得ない。

幼いころから、五つ上の次兄には大いに影響を受けてきた。剣ではかなわず、憧《あこが》れを抱いたこともあったし、嫌っていた時期もあった。

前髪を切った十五のころに言われた台詞《せりふ》は、今でもよくおぼえている。

「おれたちは井の中の蛙《かわず》だ。ぬくぬくと龍野に留《とど》まっておるかぎり、ただの蛙でしかない」

慎九郎は藩に籍を置きながら、時折、飄然《ひょうぜん》と居なくなった。何ヶ月も経って戻ると、着物は襤褸屑《ぼろくず》も同然になり、髪も髭《ひげ》もぼうぼうに伸びていた。廻国修行の旅に出ていたらしいのだが、厳格な父でさえも兄のやるがままに任せ、咎《とが》めだてはしなかった。

羨《うらや》ましいと、慎十郎はおもった。どうして、次兄だけが得手勝手なことをしても許されるのかと、怖々ながら問うたこともある。父は穏やかな顔で「おまえはまだ子どもだから手許《てもと》に置いて躾《しつ》けなければならぬ」とこたえた。「天賦の才を開花させるためには旅をさせねばならぬ」とも言った。

次兄は「天賦の才」に恵まれているのだと悟り、格別な理由もなしに対抗心を燃やしつづけた。

おのれも旅に出たい。一刻も早く故郷から飛びだしたい。

つねのように家から逃げだす機会を窺《うかが》っていたのも、次兄の影響であろう。

不思議な気分だなと、慎十郎はおもった。

自分が江戸で暴れまわっているあいだ、血を分けた兄も遠い空の下を旅しながら、さまざまな出来事に遭遇していたのだ。

もちろん、再会したい。

強い兄と剣を交え、どれだけ自分が成長できたか確かめてみたかった。

だが、友之進も言ったとおり、何処で何をしているのか、生きているのかどうかさえも判然としないのだ。

野次馬がざわめいている。

「来るぞ、権之丞だ」

霽の晴れた往来に首を差しだすと、長柄《ながえ》槍《やり》の穂先が朝陽《あさひ》に煌《きら》めいていた。

裸馬を縦に四頭並べた物々しい一行が進んでくる。

捕り方の数は多い。刺股《さすまた》や突棒《つくぼう》や袖搦《そでがらみ》といった三つ道具が林立している。

罪人どもを乗せた馬列の後ろからは、なかば死にかけた手下を乗せた畚《もっこ》も運ばれてくる。

頭目の権之丞は、すぐにわかった。

仕着せの上から雁字《がんじ》搦《がら》めに縛られ、先頭の馬に乗せられている。

「ありゃ、まるで石川五右衛門《いしかわごえもん》じゃねえか」
と、誰かが言った。
立役の歌舞伎《かぶき》役者を脳裏に浮かべたのだろう。
なるほど、顔のつくりも図体も大きく、悪びれた様子もみせずに正面を睨《にら》んでいる。
「兄上は、あんなやつと勝負したのか」
特別の感慨が湧《わ》いた。
誇らしくもあり、羨ましくもある。
慎九郎は細身でひょろ長く、歌舞伎役者で言えば色悪《いろあく》を演じる優男の風貌《ふうぼう》に近い。
権之丞との対決に立ちあった者は例外なく、慎九郎の負けを予想したことだろう。
馬列は黙々と近づき、慎十郎たちの眼前を通りすぎようとした。
そのとき、最前列の野次馬が礫《つぶて》を投げた。
――がつっ。
礫は頭目の頭に命中し、裂けた傷口から血が流れだす。
権之丞は太い首を捻《ひね》り、血走った眸子を剝《む》いた。
「ひぇっ」
礫を投げた男は身を縮める。

だが、権之丞の目は慎十郎に注がれていた。

「うっ」

仕置場に向かう罪人の眼差《まなざ》しではない。

それは、地獄の窯蓋《かまぶた》を開く獄卒《ごくそつ》の目だ。

しかも、権之丞は不敵な笑みを浮かべてみせる。

赤い口が耳まで裂けたやに感じられ、全身に鳥肌が立った。

もしや、自分を捕らえた憎い相手の実弟と見抜いたのだろうか。

まさか、そんなはずはない。

慎十郎は権之丞はもちろん、裸馬に乗せられた悪党どもの顔をひとりずつ脳裏に刻みこんだ。

一行が通りすぎると、人垣は糸が解けるように消えてなくなり、人々は何事もなかったように居なくなった。まさか、数刻のちに前代未聞の出来事が起ころうとは、誰ひとり想像もできなかったにちがいない。

二

頭目の権之丞は縄抜けの名人であった。

そのことを知る役人はひとりもおらず、気づいたときは後の祭りだった。

権之丞は引きまわしを逃走の好機と考え、この日を待ちわびていたのだ。

異変が起こったのは行列が両国広小路を抜け、先頭が浅草橋の中程まで達したときである。権之丞は縄を解いて馬から飛びおりるや、小者《こもの》の長柄槍を奪いとり、馬の尻に突きさした。驚いた馬が竿立《さおだ》ちになる間に手下どもの縄を断ち、役人とのあいだで大立ちまわりを演じてみせた。

黒羽織の同心三人が撫《な》で斬《ぎ》りにされ、捕り方の多くが傷を負った。一方、稲妻小僧のほうは四頭目の馬に乗った佐五郎と畚の七郎太が落命したものの、首魁《しゆかい》の右腕と目される辰吉と海坊主の異名を持つ四郎兵衛は解きはなたれた。権之丞をふくむ三人は暴れまわったあげく、橋の欄干から神田川に飛びこみ、隅田川への注ぎ口へ流されていったという。

まんまと逃げおおせたかどうかは、三日経った今日も判然としない。

町奉行所も火盗改も船奉行所も捕り方を総動員し、府内全域に警戒の網を張りめぐらせている。五街道への出口にあたる四宿《ししゅく》には関所まで築かれ、蟻《あり》一匹這《は》いでる隙《すき》もないほどの物々しさであったが、こうした迅速な対応を命じたのは老中の脇坂安董にほかならなかった。

「なんたる不手際、不届きな罪人を一刻も早く捜しだせ。みつけ次第、斬りすててもかまわぬ」

安董はめずらしく、こめかみに青筋を立てて怒った。

もちろん、慎十郎には与《あずか》りしらぬことだ。

盗人が三人逃げたからといって、世の中の動きに変動はない。

ただ、次兄の手柄が消えてしまうのだけは口惜《くちお》しかった。まだ府内に潜んでいるならば、今度は自分の手で頭目の権之丞を捕まえたい。と、そうした欲も抱いたが、今は空腹を満たすことのほうが先決だった。

昨日の朝、些細《ささい》なことで喧嘩《けんか》になり、身ひとつで道場を飛びだしてきた。

丸一日、何も口に入れていない。単衣一枚しか纏《まと》っておらず、破れ草履を引っかける足は裸足《はだし》だった。何でもよいから腹に入れなければ、寒さをしのぐことすらできそうにない。

煙の匂《にお》いに振りむけば、おあつらえむきに焼き芋屋の屋台がやってくる。

「栗より美味《うま》い十三里、お芋だよ、ほっかほかのお芋だよ」

あかぎれの爪先《つまさき》を向け、ごくっと唾《つば》を呑《の》みこんだ。

やんぬるかな、銭が無い。

情けないことに、芋を買う銭も無いのだ。

「おっちゃん、お芋ひとつちょうだいな」

七つほどの娘が焼き芋を買っている。

誇らしげな顔でちらりとこちらをみて、母親の待つ道端へ駆けていった。

娘の後ろ姿を恨めしげに眺めていると、かたわらから黒羽織の男に誰何《すいか》された。

「おい、おぬし、そこで何をしておる」

小銀杏髷《こいちょうまげ》の同心が朱房の十手をみせびらかし、顎《あご》の下から睨《ね》めつけてくる。

「無宿か。人足寄場にでも行くか」

横柄な態度に辟易《へきえき》しつつも、無視を決めこんでその場から離れた。

「おい、待て。わしを知らぬのか。南町奉行所同心の大島彦介《おおしまひこすけ》ぞ。鬼の大島と申せば、この界隈《かいわい》で知らぬ者とておらぬ。おい、待てと言うのがわからぬのか、この、でかぶつめ」

足を止め、太い首を捻る。

「うっ」

大島は、ぎょっとして黙った。

慎十郎の顔が鬼にみえたのだ。

さよう、わしは飢えた鬼じゃ。がたがた抜かすと容赦せぬぞ。

無言で威嚇すると、大島は棒のように固まった。

「ぬおっ」

慎十郎は吼《ほ》える。

斬ってくれようか。

権威を笠《かさ》に着て威張りちらす輩は好かぬ。

双眸《そうぼう》をぎらつかせて身を寄せると、大島は尻尾《しっぽ》を丸めて逃げた。

「偉い」

焼き芋屋の親爺《おやじ》が喝采《かっさい》を送り、芋をふたつ抱えてくる。

「あんたは偉い。ほれ、ご褒美」

ほかほかの芋を手渡され、熱いものが込みあげてきた。

胸に抱いているのは、他人の温かみにまちがいない。

「かたじけなく頂戴《ちょうだい》いたす」

慎十郎は頭を垂れ、その場で芋を囓《かじ》った。

すぐさま喉《のど》が詰まり、ひっくひっくしていると、さきほどの娘が後ろから駆けてきて竹筒を寄こす。

「お水だよ。ひと睨みで役人を追っ払うなんてすごいね。たいしたもんだって、おっかさんも言ってたよ」

娘は自分のことのように胸を張る。

「わたしね、おちよって言うんだ。今から手習いに行くんだよ。おっちゃん、名は何て言うの」

みつめられてにっこり笑い、慎十郎は屈《かが》んだ。

おちよと同じ目線になり、にゅっと前歯を剝いて威嚇する。

「ひゃっ」

おちよはびっくりして転び、子兎《こうさぎ》のように逃げていった。

「ふはは、わしの名は毬谷慎十郎。みてくれはうらぶれても、心までは荒《すさ》んでおらぬ。日の本一の剣士になる夢をかなえるべく、播州龍野の故郷を捨て、わざわざ江戸へまいったのだ」

懸命に語りかけても、誰ひとり関心を向ける者はいない。

芋屋は芋を売り、おちよは母親に手を引かれて横道に消える。

慎十郎は残りの芋を齧りながら、とぼとぼ歩きはじめた。

神田明神下の大路を行ったり来たりし、半刻《はんとき》（約一時間）ほどほっつき歩いたであろうか。

いつのまにか、湯島の狭い裏道へ迷いこんでいる。

炊煙のたなびく棟割長屋の奥に由緒ありげな古寺があり、山門の向こうからは手習い子たちの元気な声が聞こえてきた。

「庭訓往来《ていきんおうらい》、庭訓往来……」

いっしょに声を張りあげると、何やら元気になってくる。

「よし、咲どのに謝ろう」

子どもたちの声を背にしつつ、池之端のほうへ足を向けた。

突如、声が止まる。

慎十郎も足を止めた。

不穏な空気が流れだす。

——ひゃあああ。

子どもたちの悲鳴が露地裏に響いた。

すわっ。

裾《すそ》を捲《まく》って踵《きびす》を返し、狭い道を駆けぬける。

古寺の山門を潜ると、人垣ができていた。

左官の襟首を摑《つか》み、強引に引きよせる。

「おい、何があった」

「……と、取籠《とりこもり》にござります」

禿頭《はげあたま》の大男がひとり、鉈《なた》を翳《かざ》して本堂へ押し入ったらしい。

本堂の伽藍《がらん》では、寺の住職が近所の子らに読み書きを教えていた。

大男は住職の頭を鉈で割り、十人からの子どもたちを人質に取って、わけのわからぬことを喚《わめ》いているという。

「公方を連れてこい。目にものをみせてくれる」

慎十郎の耳に、男の叫び声が聞こえてきた。

子を人質に取られた母親たちは泣きじゃくっている。

「どなたか、どなたか、お助けください」

慎十郎は人垣を搔《か》きわけ、ぬっと身を乗りだした。

三

大男は芋酒の一升徳利をかたむけ、ごくごく喉を鳴らしている。

酔っているのだ。

その風貌に、みおぼえがあった。

「ありゃ海坊主の四郎兵衛だぞ」

と、誰かが叫ぶ。

長屋の連中が騒然となった。

引きまわしの途中で逃亡した罪人のことを知らぬ者はいない。

四郎兵衛は伽藍の中央で仁王立ち、左手に一升徳利をぶらさげ、右手には血の滴る鉈を握っている。

子どもたちの悲鳴が聞こえるたびに、慎十郎は胸を締めつけられた。

「お武家さま、お助けください」

母親のひとりが袖に縋《すが》りついてくる。

助けてやりたいが、どうやって近づいたらよいか思案しかねた。

下手に近づけば、逆上した四郎兵衛が凶行におよびかねない。

「くそったれめ」

一升徳利が床に叩《たた》きつけられた。

「ひゃああ」

男の子が髷《まげ》を摑まれ、引きずりまわされる。

慎十郎は本堂の戸口に隠れ、人垣のなかから胡麻《ご ま》塩《しお》頭の男を手招きした。

裏手にある貧乏長屋の大家だ。

「えっ、わたしですか。いったい、何をすれば」

「あやつを落ちつかせ、願いを聞きだせ」

身振り手振りをまじえて説くと、大家は気のすすまぬ顔をする。

「大家さん、がんばって」

「ほら、しっかりしろ」

それでも、長屋の連中に背を押され、仕方なく伽藍に向かって声を絞りだした。

「お願いします。おはなしさせてください」

「何じゃ、おぬしは」

四郎兵衛の応じる声が迫ってきた。

大家は仰《の》けぞりつつも、声をひっくり返す。

「裏の長屋の大家にござります。子どもたちを放してやってください」

「莫迦《ばか》め、放すとおもうか」

「いったい、何をお望みなのですか」

「大家ごときに言うか。わしの志などわかるまい」

「志にござりますか」

「そうじゃ。飢饉《ききん》つづきで民百姓は飢えておるというのに、公方は毎日美味いもんを食っておる。おかしいであろう、世の中まちがっておるとはおもわぬか」

悪党が戯言をほざいている。

大家は必死だ。

「何故、貧乏長屋の子らを人質に取るのでござりますか。その子らに何の罪があるのです」

「わしは逃げるのに疲れた。罪の無い子らを道連れにして死ぬ。さすれば、公方も気づくであろう。みずからの不徳により無垢《むく》な子らが犠牲になったとな。よし、まずはひとり目じゃ。さあ、地獄へ送ってくれようぞ」

「ひゃああ」

凄《すさ》まじい悲鳴が響き、本堂は混乱の坩堝《るつぼ》と化した。
子どもらの大半が一斉に逃げ、戸口に殺到する。
「待て、こら、待たぬか」
四郎兵衛は鉈を翳し、大股《おおまた》で追いかけてきた。
転んだ童子めがけて、鉈を振りおろそうとする。
「やめてくれ」
叫ぶ大家の小脇を擦りぬけ、慎十郎が躍りこんだ。
「あっ」
呆気《あっけ》にとられた四郎兵衛に、からだごとぶち当たる。
——どしゃっ。
海坊主の巨体が須彌《しゅみ》壇《だん》まで吹っ飛んだ。
衆生《しゅじょう》を見下ろす本尊は観音菩《かんのんぼ》薩《さつ》である。
木魚が転がり、金箔《きんぱく》の仏具が四散した。
子どもたちは左右に散り、戸口から逃げだす。
ところが、ひとりだけ逃げおくれた。
七つほどの娘だ。

本尊の足許で震えている。

「あっ」

慎十郎は愕然《がくぜん》とした。

竹筒の水を呑ませてくれた、おちよにまちがいない。

「寄るな。娘を殺すぞ」

四郎兵衛はおちよを片腕に抱え、口から泡を飛ばす。

慎十郎は刀を抜かず、三白眼に相手を睨みつけた。

「……な、何じゃ、おぬしは」

「食いつめ者だ。わしはさっきまで腹を空かしておった。親切な親爺に焼き芋を貰って喉を詰まらせたとき、その娘が水をくれたのだ。ありがたかったぞ。おぬしが世を儚《はかな》む気持ちはわかる。されど、死なずに生きのびれば、他人の温かみに触れることもできよう。考えなおしてくれ。娘を逃がしてくれるなら、おぬしに罰は与えぬ。ここから逃がしてやろう。どうだ、生きなおしてみぬか」

「ふへへ、はなしはそれだけか。おれさまはな、稲妻小僧の四郎兵衛だぜ。盗みもしたし、人も殺めた。さんざっぱら悪事を繰りかえしてお縄になり、三途《さんず》の川の手前から逃げてきたんだ。今さら薄っぺらい情にほだされるとでもおもうのか」

慎十郎は黙った。

やはり、説得は無理のようだ。

あきらめかけたとき、後ろから殺気を纏った人影が近づいてきた。

「慎十郎、退《ど》け」

懐かしい声に振りむけば、次兄の慎九郎が立っている。

「……あ、兄上」

「おぬしには荷が重い。ここは任せろ」

慎九郎は言うが早いか、慎十郎の小脇を通りぬけ、四郎兵衛との間合いを詰めた。

「寄るな。おぬしは何者じゃ」

問われて慎九郎は不敵に笑う。

「わしは毬谷慎九郎、おぬしらの頭目を捕らえた男よ」

「何だと……て、てめえが毬谷慎九郎なのか」

「ああ、そうだ。わしを殺《や》れば、権之丞は喜ぶぞ」

「くそったれめ」

四郎兵衛は娘を脇に放《ほう》り、猪《いのしし》のように突進してくる。

「ぬおおお」

慎九郎は一歩退《さ》がり、水も溜《た》まらぬ勢いで一刀を薙《な》ぎあげた。

「ふん」

鉈を握った右腕が断たれ、本堂の天井まで吹っ飛んでいく。

「ひゃあああ」

肩口から血をほとばしらせながらも、四郎兵衛は左手を伸ばした。

その左手を摑んで捻り、慎九郎は問いただす。

「権之丞は何処へ逃げた」

「……し、知るか」

「ならば、おぬしに用はない」

慎九郎は四郎兵衛の腰を蹴《け》りつけるや、一片の躊躇《ちゆうちよ》もみせず、脳天に止《とど》めの一撃を浴びせた。

「ぎゃっ」

海坊主は斃《たお》れ、一瞬にして静寂が訪れる。

「おちよ、おちよ」

母親らしき女が駆けこみ、床を濡《ぬ》らす血に滑った。

血だらけで這いつくばり、娘のそばへ向かう。

おちよは幸いにも、気を失っているだけだ。

が、ひとつまちがえば、確実に命を失っていた。

「……あ、兄上」

慎十郎が文句を言いかけると、慎九郎はさきに喋《しゃべ》りはじめた。

「一か八か、踏みこまねばならぬときもある。わしは娘が生き残るほうに賭けた。そうでなかったとしても悔いはない。それが運不運というものだ。あの娘には運があった。それだけのことだ」

「兄上、何故、江戸へ」

「そのはなしはあとだ」

慎九郎が顎をしゃくったところへ、町奉行所の捕り方が大挙してやってきた。

先頭には「鬼の大島」と名乗った意地の悪そうな同心もいる。

「おぬしら、いったい何をやった」

怒鳴りつける大島に向かって、慎九郎はこともなげに告げた。

「この世から悪党をひとり消してやった。文句があるなら、老中の脇坂中務大輔《なかつかさたいふ》さまに申すがよい」

「えっ」

「木《こ》っ端《ぱ》役人め、阿呆面《あほづら》を晒《さら》す暇があるなら、伽藍の屍骸《むくろ》を始末しておけ」

慎九郎は胸の空くような台詞を吐き、袖を風に靡《なび》かせて歩きはじめる。

遠巻きに眺める長屋の住人たちから、やんやの喝采が沸きおこった。

慎十郎は仕方なく、兄の背に従いていくしかない。

唐突に、故郷の揖保川《いぼがわ》で泳いでいたころのことを思いだす。

あのころは、五つ上の兄の背中が途轍《とてつ》もなく大きくみえた。

今もそう変わりはない。やはり、慎九郎の背中は大きく、抗《あらが》いがたい威風を纏っていた。

四

ふたりは胡麻塩頭の大家に「どうしても礼をしたい」と請われ、明神下の居酒屋に連れていかれた。さらに、救出劇の顚末《てんまつ》を見物していた商人にも声を掛けられ、池之端にある楼閣《ろうかく》風の茶屋へと招かれた。

芸者や幇間《ほうかん》も座敷に呼ばれ、賑《にぎ》やかな宴のはじまりである。

ゆっくりはなしをする機会もないまま、兄弟で大盃《おおさかずき》の呑みくらべをやらされ、気づいてみれば五升ほど呑んでいた。

兄の慎九郎はけろりとしていたが、慎十郎は途中から記憶がぷつんと途切れた。

やがて、脳裏に播州龍野の風景が浮かんできた。春先、城の築かれた北面の鶏籠山《けいろうさん》麓《ろく》には霞《かすみ》が発生する。ゆえに「霞城《かじょう》」と称される城から見下ろすと、城下には堀川が網目のように張りめぐらされていた。東に流れる揖保川には荷を積んだ高瀬舟が行き来し、揖保川に通じる堀川沿いには醤油《しょうゆ》蔵の黒い甍《いらか》が並んでいる。

兄と邂逅《かいこう》したことで、心の片隅に追いやっていた郷愁が蘇《よみがえ》ってきたのだ。

次第に頭のなかは醤油で満たされ、頭上の鶏籠山がくるくるまわりはじめた。

我に返ると兄はおらず、真夜中を過ぎてから、誰かに丹波道場まで送ってもらった。門を敲《たた》いてしばらくすると、咲が般若《はんにゃ》のような形相であらわれ、頰《ほお》に強烈な平手打ちを見舞った。一徹が「自業自得じゃ」とつぶやき、さも嬉《うれ》しそうに笑ったのを、かろうじておぼえている。

表戸が閉じられたので、仕方なく門前の冷たい地べたに寝転んだ。

自分のくしゃみに驚いて目覚めると、友之進が上から覗《のぞ》きこんでいる。

「朝だぞ。茶屋遊びにうつつを抜かしおって。ふん、白粉《おしろい》の匂いがするぞ」

咲に平手打ちを食らった理由がわかった。

どうにか起きあがると、頭が割れるほど痛む。

「蜆《しじみ》の味噌汁《みそしる》でも呑みにいくか」

友之進はさきに立ち、無縁坂を下って池之端の一膳飯屋《いちぜんめしや》へ向かった。

物乞いのような風体で後につづき、飯屋の床几《しょうぎ》に座って熱々の味噌汁にありつく。

——ずるっ。

潮の香りが口いっぱいにひろがった。

「美味い」

濃い蜆汁が胃の腑《ふ》に染みこんでいく。

ようやく人心地がついたところで、友之進が喋りはじめた。

「慎九郎さまは、さすがに勘が鋭い。半月前までは京におられたそうだが、稲妻小僧の引きまわしがあると知り、わざわざ江戸へ出てこられたのだ」

悪い予感は当たった。頭目の権之丞が引きまわしの途上で逃走したと聞き、慎九郎は詳しい経緯を探るために藩邸を訪ねてきた。

「安董公御自らお会いになり、慎九郎さまに頭目の捕縛をお命じになった」

慎九郎は湯島の古寺で取籠があったと聞くや、直感で逃げた連中と結びつけ、捕り方に先んじるべく藩邸を飛びだした。そして、古寺でおもいがけず、弟の慎十郎に遭遇したのだ。

「兄上は今、何処におる」

「わからぬ。あのお方は神出鬼没でな。ただ、おもいあたる節がないでもない」

「それは」

「情婦《おんな》だ。権之丞の情婦が府内におるらしい。人吉城下の道場主から聞いたと、慎九郎さまは仰《おっしゃ》った」

「情婦とやらは何処におる」

「そう焦るな。内藤新宿に『出雲屋《いずもや》』なる旅籠《はたご》があってな、そこの女将《おかみ》だそうだ。ひょっとしたら、盗人宿かもしれぬ」

「参ろう」

向かおうとした途端、腕を掴まれた。

「待て。下手に動けば権之丞に悟られる。慎九郎さまから指示があるまで動くなと命じられておる。情婦の件は他言無用、ご家老にも内密にすることを条件に教えていただいたのだ」

「兄上はおぬしの口から、わしに伝えたかったに相違ない」

「まさか、それはあるまい。おぬしなんぞ、無鉄砲で考えの足らぬできの悪い弟としかおもっておられぬ」

「何でわかる」

「そう仰ったからさ。おぬしが丹波道場の門前で寝ておることも、慎九郎さまが耳打ちしてくださったのだ」

幼いころから、いつも置いてけぼりを食わされている。

口惜しさに歯軋《はぎし》りしながら、慎十郎は立ちあがった。

「何処へ行く」

友之進に問われ、ぶっきらぼうに「本所の一ツ目橋だ」と応じる。

菰《こも》の重三郎《じゅうざぶろう》なら、盗人宿のことを知っているかもしれないとおもった。

「なるほど、それはよい考えかもしれぬ」

重三郎は江戸の闇《やみ》を牛耳る元締めだ。慎十郎はかつて、魚河岸で理不尽なまねをする納屋役人に腹を立てて、公儀にたてついたことがあった。町奉行所の役人に捕まって百敲《たた》きの刑に処せられたものの、呻《うめ》き声ひとつあげなかった。そのとき、一部始終をみていた重三郎に男惚《おとこぼ》れされ、それ以来、何かと懇意にしてもらっているのだ。

屋敷は本所の回向院《えこういん》から竪川《たてかわ》に架かる一ツ目橋を渡ったさき、一ツ目弁天の裏手にあった。

さっそく訪ねてみると、手足が蜘蛛《くも》のように長い優男が応対に出てきた。

闇鴉《やみがらす》の伊平次《いへいじ》、重三郎の忠実な手下である。「辻斬《つじぎ》り狩り」と称し、悪党を何人も
あの世へおくってきた。ふだんは闇に潜む危ない男だが、慎十郎とは馬が合う。

「誰かとおもえば、おめえさんかい。そちらの御仁はたしか、脇坂家の横目付をつとめていなさったな」

友之進は蜥蜴《とかげ》のような目で睨まれ、苦笑してみせる。

伊平次は奥へ引っこみ、ふたたび玄関にあらわれた。

「元締めがお会いになる。さあ、履き物を脱いでくれ」

言われたとおりにし、中庭のみえる客間へ案内された。

菰の重三郎は縁側にちょこんと座り、昆布茶《こぶちゃ》を呑んでいる。

初春の穏やかな光に包まれたすがたは好々爺《こうこうや》にしかみえず、江戸の闇を牛耳る恐い人物とはおもえなかった。

伊平次がさがり、愛娘のおもとが盆に銚釐《ちろり》とぐい呑みを載せてくる。

「へへ、おめえさん方に昆布茶は似合わねえ。まあ、座って気楽にやってくれ」

おもとは盆を床に置き、膝《ひざ》で躙《にじ》りよって酌をしてくれる。

大奥で女中奉公をしていただけあって、所作は堂に入っていた。

頬をほんのり染めているのは、慎十郎を強く意識してのことだ。

「ほうら、こいつ、また赤くなりやがった。慎さんに魑魅魍魎《ちみもうりよう》の棲《す》む大奥から救ってもらったろう。そんときから、ほの字らしくてな。おれはやめとけって言ってんだ。慎さんとは住む水がちがう。惚れちまったら、あとで悔やむことになるってな」

向こう気の強いおもとも負けてはいない。

「わかっているよ。『慎さんは剣の道に生きる。厳しい修行をつづけていくなかで、おなごほど邪魔はものはねえ』って、それがおとっつぁんの口癖だからね」

「わかっているわりにゃ、おれの持ちこむ縁談をぜんぶ袖にしやがって、金持ちの若旦那のところへ早いとこ片付いちまえってんだ」

「そうまで言うんなら、明日にでも出ていってあげるよ。おとっつぁんの泣きっ面はみたくないけどね」

おもとに軽くあしらわれ、重三郎は慎十郎のぐい呑みを奪いとる。

手酌で酒を注《つ》ぎ、くっとひと息に干した。

「へへ、やっぱし昆布茶は性に合わねえ。般若湯《はんにやとう》にかぎるぜ」

「あんまり、呑みすぎないようにね」

おもとは明るく言い残し、部屋から出ていく。

それを待っていたかのように、友之進が切りだした。

「元締めにお聞きしたいことがございます」

「おめえさんはたしか、慎さんの幼なじみだったな」

「失礼いたしました。龍野藩横目付の石動友之進にござる」

「聞きてえことってのは、稲妻小僧のことかい」

「えっ、よくわかりましたな」

「昨日、逃げた手下のひとりが湯島の古寺で成敗されたらしいな。慎さんもその場に居あわせたんだろう」

「さすが、地獄耳の元締め、何でもわかっておいでだ」

慎十郎は微笑《ほほえ》み、詳しい経緯をはなしてやった。

「なるほど、手下を斬ったのは、慎さんの兄さんだったのかい。さぞかし、お強い方なんだろうぜ」

「その兄が申すには、内藤新宿の『出雲屋』なる旅籠の女将が頭目の情婦かもしれぬというのです。それで、元締めなら何かご存じかもしれぬとおもい、こうして足を運んだ次第で」

「旅籠のことは知らねえ。さっそく、伊平次に調べさせよう」

あっさり言われたので、慎十郎は恐縮してしまう。

「よろしいのですか」

「よろしいもなにも、稲妻小僧の三人が引きまわしの途中で逃げたと聞いたときから、おれは動いているんだぜ。へへ、江戸の闇にも秩序ってもんがあってな、秩序を乱す野郎は許しちゃおけねえ。怪しいやつらをみかけたってはなしは、昨日も今日も随所からあがっている。頭目の権之丞も右腕の辰吉とやらも、まだ府内から外へは出ていねえ。それだけはたしかだ」

慎十郎ではなく、友之進が身を乗りだす。

「元締め、みつけたら、どうなさるおつもりですか」

「始末するさ、自分たちでな。ご存じのとおり、公儀の役人は役に立たねえ。でもよ、慎さんとその慎九郎さまって兄さんが加勢してくだされば百人力だ。悪党どもに高え懸賞金を掛けずに済むしな。へへ、冗談だよ。おれは菰の重三郎だぜ。悪党を退治するのに算盤《そろばん》なんぞ弾《はじ》かねえ」

菰の重三郎は俠気《きょうき》で動く。

慎十郎は心強い味方を得たおもいだった。

五

三日経った。

内藤新宿の『出雲屋』に動きはない。

荒戸権之丞の行方は杳《よう》として知れず、兄慎九郎もすがたを消したままだ。

慎十郎は丹波道場で寝起きしているが、咲は口をきいてくれない。機嫌を直してもらおうと、床の雑巾掛けをしたり、飯を作ったり、長屋の嬶ぁ並みに忙《せわ》しなくしているものの、目さえ合わせてもらえなかった。

やることがないので腕がちぎれるほど振り棒を振り、夕方になって内藤新宿へ足を延ばした。

四谷から甲州街道沿いに進み、大木戸跡を抜けていく。

藪入《やぶい》りに太宗寺《たいそうじ》の閻魔堂《えんまどう》へ詣ったことがあるので、賑わう宿場の様子は知っていた。

めざす旅籠は上町追分《かみちょうおいわけ》の青梅《おうめ》街道寄りにあると聞いていたので、一軒ずつ屋根看板を見上げていったらすぐにみつかった。

惚《ほう》けた顔で往来に立っていると、誰かが袖を引いてくる。

厚化粧の大年増だ。

「ちょいとおまえさん、図体が大きいから目立つんだよ」

向かいあう子育稲荷《こそだていなり》の境内まで連れていかれる。

「あたしの名は、おしゅん。夕暮れにならなきゃ出歩けない夜鷹《よたか》だよ。元締めのお指図で張りこみのお手伝いをしているのさ。闇鴉の伊平次が夜鷹を使っているってわけさ。あんたのことは聞いたよ。まらがでかいんだってね、いひひ」

前歯の抜けた口で笑われ、慎十郎は顔をしかめる。

おしゅんはつづけた。

「闇鴉はいないよ。おようっていう女将を尾《つ》けて、溜池《ためいけ》の桐《きり》畑まで行ったからね」

「桐畑」

「赤坂田町五丁目、桐畑の手前に水子地蔵の祠《ほこら》がある。たぶん、そこいらへんにいるはずだよ」

おしゅんは伊平次といっしょに女将を尾行し、ひとりだけ戻るように命じられたという。

「ひょっとしたら、図体の大きい侍がうろついているかもしれないと言われてね。さすが闇鴉だ。戻ってみたら、あんたがいた。行くんなら急いだほうがいいよ」

「おぬしは」

「夜通し見張りさ。交代の夜鷹がやってくるまでね。さあ、急いだ急いだ」

慎十郎は背中を押され、鳥居の外へ押しだされる。

その勢いのまま早足で大路を進み、半刻も経たぬうちに桐畑の手前へたどりついた。

左手は溜池だ。気の早い梅が池畔にちらほら咲いている。

道端に水子地蔵を探しあて、銭を握って近づいていった。

小さな祠に向かって屈み、賽銭《さいせん》を投じて手を合わせる。

「似合わねえことはやめたほうがいい」

と、鼻の欠けた地蔵が喋った。

祠の裏から、伊平次が顔を出す。

「そのまま後ろを振りけえってみな。『淀屋《よどや》』っていう屋根看板がみえるだろう。おようは、あの見世にへえっていった」

「ふうん」

「勝手口へ通じる脇道からだ。ってことは、はじめてじゃねえってことになる」

「何を売る見世なんだ」

「色緞子《いろどんす》、毛氈《もうせん》、天鵞絨《ビロード》、舶来の織物を扱う問屋らしい」

本店は京にあり、舶来の織物は長崎からいったん京に運ばれ、そこから江戸へ船で運ばれてくるという。伊平次は短いあいだに、それだけのことを調べていた。

「右手に目を移してみな。大名屋敷があんだろう」

「ふむ、あるな」

「肥後人吉藩二万二千石の御下屋敷さ。淀屋は藩の御用達《ごようたし》らしいぜ」

「何だと」

「へへ、逃げた頭目の権之丞はたしか、人吉の生まれだったな。これが偶然とはおもえねえ」

伊平次の指摘するとおりだ。

が、大名の御用達と兇悪な盗人がどう結びつくのか、今は筋書きを描くこともできない。

「どっちにしろ、鍵《かぎ》を握るのは、おようって女だ」

「まことに、情婦なのか」

「教えてくれたのは、あんたの兄さんだぜ。でもな、たぶんまちがいねえ。あれは男を狂わすたぐいの女だ。それにな、おようが江戸へ出てきたのは二年前のことらしい。山出しの女がたった二年で旅籠の切り盛りを任されるとおもうか。金の力以外にゃ考えられねえ」

伊平次の調べによれば、内藤新宿の『出雲屋』は主人がとんでもない浪費家で、ほとんど潰《つぶ》れかかっていた。そこへ手を差しのべた謎《なぞ》の人物がおり、見世を奉公人ごと居抜きで買いとったらしかった。主人夫婦と子どもたちは居なくなり、代わりにおようが女将となった。

「どうやら、あの女、武家の出らしくてな、最初は算盤勘定ひとつできず、客とまともに口もきけなかった。ところが、呑みこみが早い利口な女のようで、番頭や手代が手取り足取り教えてやったら、半年も経たねえうちに堂々とした物腰の女将になったそうだ」

「すると、盗人宿ではないのか」

「表向きは、ふつうの旅籠さ。怪しい客の出入りもねえ」

伊平次は口に人差し指を当て、祠から離れていった。

慎十郎もしたがう。

するとそこへ、初老の女があらわれ、水子地蔵に賽銭を投じた。

すでに陽は落ち、あたりは薄暗くなっている。

おようが見世に消えてから、一刻は優に経っていた。

「そろそろ出てきてもよさそうなもんだが」

伊平次が漏らしたところへ、ぽっと提灯《ちょうちん》が灯《とも》る。

淀屋の脇道だ。

丁稚《でっち》小僧に足許を照らされ、おようらしき女があらわれた。

灯《あか》りに照らされた顔を注視すると、泣き腫《は》らしたような目をしている。

それを小僧に悟られたくないのか、おようは無理に笑ってみせた。

「ここでけっこうだよ」

「えっ、お送りしなくてもよろしいので」

「気遣いは無用さ。はい、お駄賃」

小僧は駄賃を貰い、頭をぺこりと下げる。

おようは暮れなずむ道を、赤坂御門のほうへ歩きはじめた。

後ろ姿が淋《さび》しげで、肩を小刻みに震わせている。

「泣いていやがる」

間合いを取って尾行しながら、伊平次がつぶやいた。

「ひょっとしたら、逢《あ》っていたのかもしれねえ」

「まさか、権之丞にか」

「ああ」

張りつめた水面《みなも》のような沈黙が流れ、慎十郎は呻くように言った。

「そうなると、淀屋がお尋ね者を匿《かくま》っていることになるぞ」

「みつかりゃ、打ち首獄門は免れめえ。匿わなきゃならねえ事情があるのかもな」

権之丞が逃げてから六日経つ。にもかかわらず、重三郎の敷いた網に引っかかってこないということは、よほど巧みに隠れているものと考えられた。

「堅気の商人のところなら、隠れるにゃもってこいだぜ」

「なるほど」

およう は赤坂御門前を通りすぎて足取りを速め、四谷御門の手前から左手に曲がっていった。

「内藤新宿へ戻るつもりだな」

と、伊平次が言う。

「あとは任してくれ」

「手伝わずともよいのか」

「いいんだ。おれのいねえときは、夜鷹の姐《ねえ》さんたちが見張ってくれる。何かありゃ、すぐに知らせがへえるから、心配えすることはねえ」

伊平次はうそぶき、おようの背中を睨みつける。

餌《えさ》を狙う猛禽《もうきん》の目だなと、慎十郎はおもった。

六

翌早朝、溜池に夜鷹の屍骸が浮かんだ。

四谷鮫ヶ橋《さめがはし》の会所に身を寄せるおつやという女で、伊平次が見張役を頼んでいた夜鷹のひとりでもあった。

慎十郎は急報を受け、内藤新宿の追分めざして走った。

藪入りの今日は閻魔の斎日《さいにち》でもあり、閻魔堂のある太宗寺門前は大勢の人で賑わっている。往来には馬糞《ばふん》が点々としており、糞を避けて並ぶ長蛇の列が山門の外までつづいた。

子育稲荷の境内では、伊平次が待っている。

「ぐしゅっ、あたしは誰が殺ったか知ってんだ。この目で顔をみたんだからね」

泣きながら訴えるのは、夜鷹のおしゅんだ。

伊平次は怒りを抑え、慎十郎に喋りかける。

「足労をかけて、すまねえ。どうしても、みてもらいてえもんがあってな」

伊平次は懐中から紙を取りだし、ひらいてみせた。

悪党らしき男の顔が描《か》いてある。

おしゅんが震える手で描いたのだ。

「おめえさん、稲妻小僧の引きまわしを目にしたって言ったな。この顔にみおぼえはねえか」

「ある」

絵は拙《つたな》いものの、男の特徴をよくとらえていた。

「辰吉という男だ。まちがいない」

「やっぱしな。おしゅん、この野郎が三日つづけて、おつやを買ったんだな」

「まちがいないよ。おつやは言ったんだ、上客をつかまえたって」

町木戸の閉まる亥《い》ノ刻（午後十時頃）が過ぎたころ、かならず辰吉は濠端《ほりばた》の喰違門《くいちがいもん》のそばにやってきた。首吊《くびつ》りの名所だから行きたくはなかったが、おつやは背に腹は替えられないと言っていたらしい。

「昨夜は胸騒ぎがしてね、亥ノ刻の鐘を聞きながら喰違門まで行ったのさ。おつやはそこにいなかった。暗い道を桐畑のほうまで足を延ばしてみたら、溜池の汀《みぎわ》から血だらけの男が歩いてきた」

おしゅんは木陰に隠れ、からだの震えを必死に止めた。

「きっと殺められたんだって、そうおもったのさ」

男が居なくなってから、おつやを捜して暗い池畔を彷徨《さまよ》った。

今朝になって、水面に浮かんでいるのをみつけたのだという。

「どうする気だ」

慎十郎が問うと、伊平次は鋭い眼差しで睨みかえしてきた。

「仇を討たにゃ、おつやも成仏できめえよ」

「だが、どうやって」

さらに問えば、おしゅんがこたえた。

「あたしが餌になる。あいつはきっと、今宵《こよい》も喰違門のそばにあらわれる。おつやが導いてくれるはずさ」

慎十郎はうなずいた。

「わしも行こう。罪を償わせるまえに聞きたいことがある」

「権之丞の居場所か」

「そうだ」

「ま、好きにすればいいさ」

落ちあう約束を交わしたあと、伊平次は淀屋について教えてくれた。

「主人の名は長十《ちようじゆう》、齢《よわい》は四十で独り者だ。養子でな、素姓ははっきりしねえが、武家の出らしいぜ」

長十は自分が主人になってから、験を担いで家門を九曜紋《くようもん》に代えた。九曜紋は熊本《くまもと》藩五十四万石を領する細川《ほそかわ》家の家紋である。その関《かか》わりかとおもいきや、伊平次は意外なことを言った。

「タイ捨流の宗家も、家門は九曜紋だって聞いた。そっちのほうから取ったとすりゃ、権之丞との関わりがひとつ増えることになる」

長十が養子になったのは五年余り前のことだが、そのころ、さほど大きくもない見世は潰れかけていたという。ところが、数年で奇蹟の復活を遂げ、人吉藩の御用達にまで成りあがった。

「藩の重臣どもに金をばらまいたにちげえねえ。でもな、どっから金を引っぱってきたのか、肝心の打ち出の小槌《こづち》がみつからねえのさ」

長崎買物で求めた緞子や天鵞絨などの船来品は高値で取引されるものの、ひとむかしまえと異なり、倹約令が頻発される昨今は伸び悩んでいる。本業以外で稼ぎがなければそんな元手など生まれないはずだが、どんな手を使って屋根にうだつをあげたのか見当もつかないと、伊平次は首を捻った。

権之丞の右腕と言われる辰吉ならば、そのあたりの事情を知っているかもしれない。

危ない橋を渡らねばならぬおしゅんには申し訳ないが、慎十郎は悪党が闇に乗じてあらわれるのを期待した。

七

十六夜《いざよい》の月は戸惑いながらも夜空に昇り、喰違門の周囲を照らしている。

首吊り松と通称される松の木陰から、夜鷹の白い手が揺らめいた。

――ごおん。

亥ノ刻を報《しら》せる鐘の音が、山狗《やまいぬ》の遠吠えと重なった。

紀伊國坂《きのくにざか》のほうからあらわれた人影は、死にそびれた盗人《ぬすっと》のものにまちがいない。

「来た」

半信半疑だっただけに、慎十郎は驚きを禁じ得なかった。

首吊り松を正面にのぞむ木陰に身を隠している。

伊平次も何処かに身を潜めているはずだ。

まずは慎十郎が辰吉に対峙《たいじ》する段取りになっている。

辰吉は白い手に誘われ、首吊り松のそばへ近づいていった。

「面ぁみせてみろ」

どすの利いた声に応じ、おしゅんが木陰からあらわれる。

辰吉は白塗りの顔をじっくり眺め、袖口に手を突っこんだ。

「百文だ。それ以上は出さねえ」

「……い、いいよ。百文で」

おしゅんがうなずくのを合図に、慎十郎は身を乗りだす。

跫音《あしおと》を忍ばせて辰吉の背に迫り、こほっと空咳《からせき》を放った。

振りむいた悪党は眦《まなじり》を吊りあげ、懐中に手を入れる。

しゅっと、匕首《あいくち》を抜いた。

すかさず、問うてやる。

「その匕首で、おつやを刺したのか」

「何だと。てめえは誰だ」

「誰でもいい。権之丞は何処におる」

「教えるか、阿呆《あほう》」

過度の焦りからか、声がひっくり返っている。

慎十郎は、にやりと笑った。

「やはり、いっしょにおるようだな。淀屋に匿われておるのか」

「……ど、どうしてそれを」

辰吉は動揺し、権之丞の居場所を認めたも同然の反応をする。

慎十郎は相手に考えさせず、さらに厳しく問うた。

「淀屋は何故、おぬしらを匿うのだ」

辰吉は押し黙る。

必死に冷静さを保とうとしているのがみてとれた。

おしゅんは木陰に隠れ、顔を半分だけ出している。

辰吉はつぶやいた。

「てめえ、ひょっとして毬谷慎九郎か」

口から飛びだしたのは、兄の名だ。

おもわず、慎十郎はうなずいた。

兄になりきり、肝心なことを聞きだしてやろう。

「ふうん、おめえがな」

辰吉は、頭のてっぺんから爪先まで見下ろす。

「おもった以上に、でけえな。おめえのせいで、玄心斎《げんしんさい》のやつは裏切った。お頭《かしら》が捕まったのは、玄心斎のせいだ。なのに、お頭は娘のおようを許しやがった。惚れた弱みってやつさ。でもな、おれは許さねえ。玄心斎もおようもな」

はなしに出た名を反芻《はんすう》するだけで、慎十郎は問いかえすことができない。

逆しまに、辰吉が問うてきた。

「おめえ、玄心斎に助っ人を頼まれたんだろう。最初からお頭を捕まえるつもりで、道場へやってきたんじゃねえのか」

「そうだと言ったら」

相手に合わせて応じると、辰吉は舌打ちをした。

「やっぱしな。老《お》い耄《ぼ》れめ、隠居するめえに盗んだお宝を隠していやがったにちげえねえ。おめえの狙《ねら》いも、その金なんだろう。いってえ、いくらあるとおもってんだ」

「一万両は下るまい」

口からでまかせを吐くと、辰吉は眸子を輝かせた。

「ふふ、お頭の言っていたとおりだ。玄心斎め、さすが、十年めえまで稲妻小僧を率いていただけのことはある。お頭の狙いも、そのお宝なのさ」

「死に損ないのくせして、欲の皮が突っぱりすぎだな」

「おめえさん、お頭とおれを殺れば、いくら貰える」

「しめて、二百両」

またもや、でまかせを吐くと、辰吉は眸子を小狡《こずる》く光らせた。

「どうでえ、こっちの味方につかねえか。玄心斎を裏切ってくれたら、向こうの倍は払うぜ」

「金はいらぬ」

「えっ」

辰吉は信じられぬのか、阿呆面になった。

陰鬱《いんうつ》な暗がりは沈黙に包まれ、吹きぬける風に枯れ葉がざわめく。

「おぬしは報いを受けねばならぬ。何故、夜鷹を殺めたのだ」

慎十郎が恐ろしい顔で睨みつけると、我に返った辰吉は薄く笑った。

「身の丈もわきまえず、遊び代を吹っかけてきたからさ。夜鷹なんざ屑《くず》と同じだ。ひとりやふたり消えたところで、誰も悲しみやしねえ」

「本気で言っておるのか」

「きまってんだろうが」

「やはり、おぬしは地獄へ堕《お》ちるしかあるまい」

慎十郎は前触れもなく、ずらりと刀を抜きはなった。

辰吉はこちらに襲いかかるとみせかけ、くるっと踵を返す。

尻をみせて逃げだそうとしたさきに、細長い人影が立ちはだかった。

闇鴉の伊平次だ。

懐中に匕首を呑んでいる。

「……だ、誰だてめえは」

辰吉が吼《ほ》えても、闇鴉はたじろがない。

「死んだ夜鷹に関わりのある者さ」

「くそっ、おれは天下の大泥棒、稲妻小僧の辰吉だぜ」

「それがどうした。こそ泥め、粋がるんじゃねえ」

伊平次は匕首を引き抜き、月下に身を躍らせた。

二本の九寸五分《くすんごぶ》が煌《きら》めき、火花とともに交差する。

「ぐふっ」

辰吉が血を吐いた。

地べたに這いつくばり、ぴくりとも動かない。

左胸には、白刃が深々と刺さっている。

「ざまあみやがれってんだ」

おしゅんが唾を吐き、屍骸の腹を蹴りつけた。

八

辰吉は死んだ。

慎十郎の頭には「玄心斎」という名が残った。

想像するに、玄心斎とは人吉城下でタイ捨流の道場を営む人物にちがいない。

友之進から聞いたはなしによれば、兄の慎九郎は廻国修行の途上でその道場を訪れ、偶さか木刀を合わせた相手が師範代を名乗る権之丞であった。玄心斎の告白で天下を騒がす盗人一味の頭目と判明し、縄を打ったと聞いていたが、事情はそう単純なものではなかったようだ。

玄心斎は十年前まで稲妻小僧の頭目だった。しかも、権之丞の情婦と目されるおようの父親だという。

慎九郎は、どこまで事情を把握しているのだろうか。聞きたくても会えぬ以上、残された手はかぎられてくる。

「およように会ってみるか」

慎十郎は決意を固め、内藤新宿までやってきた。

あいかわらず、伊平次が夜鷹と見張りについている。

旅籠に乗りこむ意志を伝えると、強いて止めようともしなかった。

「辰吉の口調からしても、頭目の権之丞は淀屋に隠れているにちげえねえ。ただし、下手に踏みこめば逃げられる。右腕の辰吉が葬られたとなりゃ、警戒しているにちげえねえからな」

伊平次も、情婦のおようを上手く使いたいと考えていた。

おようを焚《た》きつけて動かし、権之丞を誘いだす。

賭けに近い手だが、ほかに妙案も浮かばない。

「よし、日が暮れるまえに訪ねてみよう」

慎十郎は子育稲荷の鳥居から抜けだし、対面する『出雲屋』へ向かうべく往来を横切った。

敷居をまたごうとするや、後ろから袖を摑まれる。

気配もなく近づいてきたのは、慎九郎にほかならない。

「……あ、兄上」

「こっちに来い」

返答する暇も与えられず、ふたたび、神社の境内へ取って返す。

伊平次はとみれば、遠くからそれとなく様子を窺っている。

人気のない祠の陰で、兄弟は面と向かった。

「勝手に動くなと言うてあったはずだ」

いきなり叱《しか》られ、腹が立ってくる。

「兄上は何処におられたのですか」

「探っておったのさ、いろいろとな」

「辰吉は死にましたぞ」

「ああ、知っておる」

「正直、混乱しております。兄上はいったい、どこまで真相をご存じなのですか」

「真相なぞ、どうでもよい。わしの目途はひとつだ」

「権之丞を捕まえることにござりますか」

「捕まえずともよい。ご老中から切捨御免のお墨付きを得ておるからな。されど、悪党を斬るのが本来の目途ではない」

「されば、何をなさるおつもりです」

「およどのを人吉へ連れもどす」

「えっ」

驚く弟の顔を、慎九郎はじっとみつめた。

「わしはそのために、江戸へやってきたのだ」

「わかりませぬ。およというおなごは、権之丞の情婦なのでござりましょう」

「騙《だま》されておるだけさ。説得すれば目もさめよう」

「どうして、兄上がさようなことを」

「深田《ふかだ》玄心斎どのに頼まれたからよ」

慎十郎は、ぷっと小鼻をひろげた。

「玄心斎とは、人吉の道場主にござりますな」

「ああ、そうだ」

最初に出会ったのは、慎九郎がまだ二十歳にならぬころだという。

「廻国修行で苦労を重ねておったとき、三月《みつき》ほど身を寄せた。タイ捨流の奥義を手解きしていただいたのだ。その御恩に報いねばならぬ」

「お待ちくだされ。死んだ辰吉によれば、玄心斎なる人物はかつて盗人一味の頭目であったとか。兄上はそれをご存じなのか」

慎九郎は笑みすら浮かべ、落ちついて応じる。

「むかしのはなしだ。今は改心し、道場を営んでおられる」

「されば、かなりの盗み金を隠しておるやもしれぬ件はご存じか」

「貯えておった金子はすべて、飢饉や洪水で食えなくなった村人たちに分け与えたと聞いた」

「さようなはなしを、お信じになるのか。稲妻小僧は押しこみさきで奉公人を殺めるような連中ですぞ」

「それは、権之丞が頭目になってからのはなしだ」

と、慎九郎は冷静につづける。

「玄心斎どのは、誰ひとり傷つけたことはないと仰った。余命幾ばくかの重病人が病床で嘘《うそ》を吐《つ》くとおもうか」

慎十郎は驚く。

「玄心斎は病なのですか」

「娘のおようどのは知らぬ。父の反対を押し切って権之丞の命にしたがい、江戸へやってきたのだからな。されど、本人も疾《と》うに気づいておるはずだ。権之丞に従いていくのが、いかに罪深いことかを」

「それで、兄上はどうなさるおつもりか」

「今から、おようどのに会う」

決意の籠《こ》もった目で睨まれ、慎十郎は興奮気味に頰を赤らめた。

「拙者も従いていきとうござる」

「勝手にすればよい」

慎九郎は袖をひるがえし、鳥居を潜《くぐ》って外へ出た。

往来を突っ切り、ふたりで『出雲屋』の敷居をまたぐ。

旅籠はさほど混んでおらず、紺地に格子柄の着物を纏った妖艶《ようえん》な女将がみずから応対にあらわれた。

九

潰し島田の髪には、柘植《つげ》の櫛《くし》が飾ってある。

女将のおようは、目鼻立ちの整った縹緻良《きりよう》しだった。

「ようこそ、おいでなされませ」

三つ指をつき、顔を持ちあげた途端、ぎょっとして身を固める。

「おようどの、久方ぶりでござる」

慎九郎が微笑みかけても、声を失ったままだ。

後ろに控える慎十郎は、ごくっと空唾を呑みこむ。

ふたりに浅からぬ因縁があることは、張りつめた沈黙が如実に物語っていた。

「おはなしできようかな」

慎九郎の声で、おようは我に返った。

「……ど、どうぞ」

兄弟は促されて履き物を脱ぎ、中庭に面した奥の客間へ通される。

おようがすがたを消したので、慎十郎は少し不安になった。

一方、慎九郎は泰然として座り、庭の金縷梅《まんさく》に目をやった。

金縷梅の根元には、蕗《ふき》の薹《とう》が顔をみせている。

「蕗味噌《ふきみそ》で一杯飲《や》りたいな」

慎九郎がつぶやくだけで、ほろ苦い味が口にひろがった。

襖《ふすま》が音も無くひらき、おようが楚々《そそ》とした仕草であらわれる。

蝶足膳《ちょうあしぜん》を手にした小女たちが後ろにつづいた。

おようは化粧を直してきたのか、顔色がさきほどよりも明るくみえる。

並んで座るふたりのまえに、酒肴《しゅこう》の膳が置かれた。

「お気遣いは無用にござる」

慎九郎のことばに首を振り、おようは下座で畳に両手をついた。

「遠路遥々お越しいただき、たいしたおもてなしもできませぬが、どうかおくつろぎくださいまし」

小女たちが居なくなると、おようは銚釐を摘まんで酌をする。

慎九郎はひと肌の燗酒《かんざけ》を口にふくみ、嬉しそうに微笑んだ。

「満願寺《まんがんじ》にござるか」

「はい、慎九郎さまのお好きな諸白《もろはく》にござります」

長い睫《まつげ》を瞬《しばたた》かせる様子が艶《つや》っぽく、慎十郎は息苦しくなる。

「こちらのお方は、もしや、弟の慎十郎さまでは」

おように指摘され、心ノ臓がばくばくしてきた。

「図体だけは一人前なれど、世間知らずの愚か者にござるよ」

兄に紹介されて顔を赤らめると、おようはくすっと笑う。

「お強そうな方でございますね」

過去の良い時期におもいを馳《は》せているのか、慎九郎とおようは穏やかな顔で庭に目をやった。

「道場の裏山にも、蕗の薹が顔を覗かせておりましたなあ。お父上は、おようどののつくられた蕗味噌で一杯飲るのがお好きだった」

「懐かしゅうございます。されど、慎九郎さまは桜花もご覧にならず道場を出ていかれた。風のようにあらわれ、知らぬまに去っていかれました。七年もまえのことなれど、昨日のことのようにおぼえております。どれほど恨んだか知れませぬ。されど、父は申しました。『志のある者を追ってはならぬ』と。残された女の気持ちを斟酌《しんしゃく》なさったことなどございますまい。わたくしは慎九郎さまにとって、通りすぎていくだけの女にございました」

慎九郎は庭に目をやりつつ、おようの恨み言に耳をかたむける。

慎十郎は乾いた口を潤すべく、手酌の酒を湯水と流しこんだ。

自分で望んだこととはいえ、一刻も早く去りたい気分だ。

慎九郎は俯くおように盃を持たせ、黙って注いでやる。

おようは白い喉を晒し、盃をひと息に干してみせた。

「慎九郎さまが出ていかれてからというもの、胸にぽっかり穴があいたようになりました。それから一年ののち、あいつがやってきた。そばに居てくれる相手なら、誰でもよかったのでござります。権之丞は優しくしてくれました。弱さをさらけ出してもくれました。血に穢《けが》れた身を癒《い》やしてくれるのはおまえだけだと泣かれ、離れられなくなってしまったのです」

長い沈黙が部屋を包んだ。

溜息《ためいき》すらできずにいると、慎九郎が静かに口をひらいた。

「お父上は重い病に罹《かか》ってしまわれた。おようどのに逢いたい。そのことを伝えてほしいと、涙ながらに懇願されてな」

「……し、信じられませぬ。頑固な父がさように弱気なことを申すとは」

「それだけ、病が重いのだ。わしはおようどのを連れて帰らねばならぬ」

「まさか、人吉までお連れになると」

「そのために、江戸へまいった」

慎九郎が熱い眼差しを送ると、おようはたじろいだ。

「……い、今さら、何を仰るのです」

と抗いつつも、声は掠《かす》れてしまう。

慎九郎はここぞと、たたみかけた。

「権之丞は斬らねばならぬ。おようどの、あやつに、わしのことを伝えてほしい」

「えっ」

「半年前に捕縛された件で、わしに恨みを持っておるはずだ。この江戸に来ておると知れば、放っておかぬはず」

「嫌でございます」

おようは拳《こぶし》を固め、首を横に振った。

「父が申しました。権之丞に慢心がなければ、慎九郎さまとも互角にわたりあうことができるだろうと」

「わしが斬られるとでも」

「そうなってほしくはありませぬ。権之丞には淀屋長十もついております。狡賢い男ゆえ、どのような罠《わな》を仕掛けてくるともかぎりませぬ」

慎九郎はうなずき、ゆっくり盃をかたむけた。

「淀屋のことは調べた。権之丞の尻を掻《か》き、商家を襲わせた黒幕にほかならぬ。盗人に稼がせた金を人吉藩の重臣たちにばらまき、藩の御用達にまでなった。権之丞を匿っておるのは、ほとぼりが冷めたらまた盗人家業をやらせるためであろう。熊本藩の御用達を狙っているとの噂もあるゆえな」

淀屋こそが本物の悪党にほかならぬと、慎九郎は言いきる。

およう は、ひらきなおった。

「わたくしは本物の悪党に命じられ、意のままに動いているのでございますよ。そんな女が信用できるとお思いですか」

慎九郎は膝を躙りよせ、およう をじっとみつめた。

「じつは、それだけが腑に落ちなんだ。およう どのがそうせざるを得ぬ事情が、ようやくわかった」

淀屋には、朔太郎《さくたろう》という幼い男の子があるという。

「奉公人によれば、病死した妻の忘れ形見らしいが、およう どの、そなたのお子ではないのか」

およう は項垂《うなだ》れ、権之丞とのあいだに生まれた子だと告白した。

今から二年と少し前に人吉で神隠しにあったが、ほどもなく権之丞に奪われたことがわかった。江戸の淀屋に連れてこられたことを探りだし、およう は我が子に再会したい一心で故郷をあとにしたという。

我が子の無事を確かめて安堵《あんど》したのもつかのま、内藤新宿の旅籠で盗人どもの連絡役をやるのと引き替えに、母親として会うことを許された。

淀屋に足を向けるのは、権之丞に会うためではない。朔太郎に会うためだ。じつの子を人質に取られているがゆえに、おようは悪党どもの縛りから逃れられずにいるのである。

「ならば、その頸木《くびき》を断ってみせよう。おようどの、わしを信じ、従いてきてほしい」

兄の力強いことばは、慎十郎の心をも揺りうごかした。

おようは畳に突っ伏したまま、顔をあげることもできない。

肩を震わせて泣きつづけ、何年分もの涙を流したようであった。

十

翌十八日は観音菩薩の縁日、兄慎九郎の発案で権之丞を単に誘いだすのではなく、策を講じることにした。

おように朔太郎を連れてこさせ、拐《かどわ》かして金子を要求するのだ。

悪党を装えば、権之丞は怒りに駆られてやって来るのではないか。

およように打診してみると、来るか来ないかは五分五分だという。

なるほど、権之丞は実子の朔太郎を可愛《かわい》がっている。

ただ、外に出てはならぬと淀屋に釘《くぎ》を刺されているので、よほどのことでもないかぎり誘いだすのは難しい。慎九郎に言わせれば「苦肉の策」ということになるが、慎十郎は上手くいくような気がしていた。

「相手に考える猶予を与えてはならぬ。こうしたことは手早くな。のんびり構えておっては、魚を逃すことにもなりかねぬ」

隣でくどくど諭すのは、友之進であった。

朝方、名残の雪が降るなか、慎十郎を丹波道場まで迎えにきたのだ。

連れてこられたのは四谷鮫ヶ橋谷町の真成院《しんじょういん》、本尊は「潮干《しおひ》観音」と称される十一面観音だが、慎十郎は初めて足を運ぶ寺だった。

雪は止み、雲間から陽が射《さ》している。

溶けかけた雪で足許が不如意にもかかわらず、参道は観音詣での参拝客で賑わっていた。

「浅草寺《せんそうじ》ほどではないが、札所だけあって、なかなかの賑わいようだな」

友之進の暢気《のんき》な台詞に応じもせず、慎十郎は境内をきょろきょろみまわす。

「捜しても、慎九郎さまは来られぬぞ」

「えっ」

「それゆえ、わしが代わりにまいったのだ」

「兄上は何処に消えた」

「さあ、知らぬ。われらの役目は、朔太郎という五つの子を拐かすことだ」

おようと約束した刻限の四つ（午前十時頃）までは、まだ半刻ほどある。

友之進は参拝客の流れを目で追いつつ、淀屋長十の素姓を語りはじめた。

「狡賢くて抜け目のない商人だが、もともとは麻生《あそう》という姓を持つ侍だったらしい」

「麻生」

「ふむ。じつは、人吉藩の家老で改易になった麻生家の末裔《まつえい》ではないかと申す古老もおってな」

人吉藩を統治する相良《さがら》家は鎌倉期に地頭となって肥後国に根付き、乱世にあっては戦国大名として名を馳せた。さらに、徳川の治世下では相良一族と家老一派の対立が火種となって燻りつづけ、数代にわたってお家騒動に悩まされたこともあった。

「今から八十年近くまえ、第八代藩主の頼央《よりひさ》公が病没なされた。されど、それは表向きのはなしで、まことは種子島で撃たれたとする記録もある」

対立する家老一派による謀殺だったらしいが、この出来事によって相良家の血統は絶えてしまった。それゆえ、いまだに恨み言を吐く相良家の縁者もいるという。とにもかくにも、第九代目以降は他家から養子を迎え、藩はどうにか命脈を保ってきた。今は第十三代壱岐守頼之《いきのかみよりゆき》公の治世だが、幕府の手伝い普請や天災の影響で藩財政は火の車らしかった。

「八代さまがお亡くなりになったとき、家老に就いておった麻生家は改易になった。当主を筆頭に主立った係累は斬首《ざんしゅ》されたと申すから、おそらくは謀殺の責を負わされたにちがいない。ところが、一族のなかで生きのびた者がおった。無論、藩への恨みは深い。浪人となって雌伏のときをかさね、商家へ婿入りしてから頭角をあらわした」

「それが淀屋長十だと申すのか」

慎十郎の問いに、友之進はうなずいた。

「すべて、慎九郎さまから伺ったはなしだ。されど、辻褄《つじつま》は合う。さほど大店でもなかった淀屋が、舶来品の売買だけで一藩の御用達に成りあがることができようか。重臣たちに賄賂《わいろ》をばらまくためには、打ち出の小槌が必要だ。ちょうどそこに、権之丞という希代の盗人があらわれた」

「類は友を呼ぶ。悪党同士で手を結び、藩を食い物にしておったわけだな」

「藩士たちは爪に火を灯すような倹約を強いられ、国許の百姓たちは飢えておるにもかかわらず、自分たちだけは潤っておる。藩に恨みがあればこそ、罪を感じずに悪行をかさねることができるのかもしれぬ」

「聞けば聞くほど、生かしておいては世のためにならぬやつらだ」

「慎九郎さまも同じことを仰った。されど、容易な相手ではない」

「権之丞がか」

「ああ、そうだ。半年前は深田玄心斎どのの助勢があったゆえ、どうにか捕らえられたらしい。まともにやり合えば、タイ捨流の手練ほど厄介な相手はないと、慎九郎さまは溜息を吐いておられたわ」

慎十郎はあらゆる流派の返し技に熟達する雖井蛙流を修めているので、タイ捨流の理合や奥義もある程度は知っているつもりだ。

同流は柳生新陰流の裏太刀とも言われ、最大の特徴は斜太刀《はすだち》を多用することにある。

理合にも「右半開から左半開へ、すべて袈裟《けさ》斬りに終結するが要諦《ようてい》なり」とあるように、甲段《こうだん》と称する独特の八相から一気に薙《な》ぎおろす技こそが神髄にほかならない。

「されど、太刀行だけで免状は貰えぬ。免状を持つ者はみな、体術に秀でておるとか」

それは同流が清国から伝林坊頼慶《でんりんぼうらいけい》なる武闘家を招き、跳ぶ、蹴る、回転するといった拳法《けんぽう》の体術を取りいれたからである。

「権之丞は軽々と二間（約三・六メートル）余りも跳躍できるそうだ。ことに『猿《えん》廻《かい》』なる技は瞠目《どうもく》に値すると、慎九郎さまは仰ったぞ」

「『猿廻』は中空で独楽《こま》のように回転する技だ。太刀の出所が摑みにくいうえに、足蹴りや手裏剣も飛んでくる」

「そいつは厄介だな」

「兄上は対処法をお教えにならなんだか」

「巌《いわお》の身と、つぶやかれた」

幼いころから父に叩きこまれた円明流《えんめいりゅう》の心構えだ。

タイ捨流の動と円明流の静、想像しただけでもぞくぞくするような対決だが、これは板の間の申しあいではない。真剣による命の取りあいなのだ。

万が一にも兄が敗れるような事態になれば、弟の自分が仇《かたき》を討たねばなるまい。

――がさっ。

柳の枝から雪が落ちた。

「……柳雪刀《りゅうせつとう》、転変《てんぺん》打ちおとされる位《くらい》か」

と、慎十郎はこぼす。

四つを報せる鐘の音が、やけに大きく聞こえてきた。

「来るぞ」

友之進と目を皿にしていると、参道の向こうから母子が手を繋いで近づいてくる。

「あれだ」

おようと朔太郎の周囲には、万が一に備えてか、人相の悪い連中が随行している。

「五人だな」

金で雇った破落戸《ごろつき》どもであろう。

「友之進、わしが暴れておるあいだに子を頼む」

「任せておけ」

慎十郎は袖を靡《なび》かせ、参道に向かった。

おようの一行をやり過ごし、しんがりの男に肩をぶつける。

「痛っ、何さらす」

と発した男の胸倉を摑み、参道の上に叩きつけた。

「こんにゃろ」

ほかの連中が匕首を抜き、突きかかってきた。

「死ねっ」

躱《かわ》すと同時に相手の腕を小脇に挟み、おもいきり捻りあげる。

——ぼきっ。

骨の折れる鈍い音がした。

男は悲鳴をあげ、参道に転がる。

周囲は騒然となった。

残った四人は及び腰だ。

ちらりと、慎十郎はおようをみる。

朔太郎は怯《おび》えるどころか、好奇に目を輝かせていた。

母子の背後に、友之進がそっと近づいてくる。

「ほれ、懸かってこぬか」

慎十郎が吼えた。

刹那《せつな》、友之進が朔太郎を抱きあげる。

少し遅れて、おようが悲鳴をあげた。

「きゃああ」

破落戸どもが振りかえる。

およいは大袈裟《おおげさ》に転び、朔太郎の名を連呼した。

破落戸どもが気を取られているあいだに、慎十郎はその場から風のように消えていった。

十一

亥ノ刻、夜空には少し欠けた月がある。
脅しを効かせる意味も込めて、淀屋に矢文を射かけた。
――子の値段五百両　今宵子ノ刻　桐畑に主人ひとりで来い
すぐに用意できる金額を記したので、淀屋はかならずやってくるにちがいない。
ひとりと指定しても、破落戸や用心棒をごっそりしたがえてこよう。
権之丞が来るかどうかは、およいの芝居にかかっている。
朔太郎の安否を気遣って権之丞の不安を煽り、はたして、おびきよせることができるかどうか。

もちろん、慎十郎はやって来ることを期待した。

それにしても、兄の慎九郎は遅い。

「何処で何をしておるのだ」

慎十郎は友之進とともに、桐畑の坂下に佇んでいる。

土手の向こうは淀《よど》んだ溜池、葉を落とした桐が道の左右に連なる淋しいところだ。

真夜中ともなれば、人っ子ひとり居ない。

――うおん。

喰違門の方角から、山狗の遠吠えが聞こえてくる。

背に負う篝火《かがりび》のそばには闇鴉の伊平次が佇み、寒さに震える朔太郎の身をさすってやっていた。

「泣くんじゃねえぞ。泣かなきゃ、おっかさんのところへすぐに帰えしてやるからな」

猫撫《ねこな》で声を出す伊平次が、妙に可笑《おか》しい。

「来たぞ」

友之進が吐きすてた。

坂の上から、小太りの人影が下りてくる。

「ひとりか」

いや、大勢の気配が闇にわだかまっていた。

「金を持ってきたぞ」

淀屋長十が叫んでいる。

顔を知る友之進はうなずいた。

「本人のようだ」

それを受け、慎十郎は叫ぶ。

「こっちに来い。子は帰してやる」

淀屋は腹を決めたのか、堂々と近づいてきた。

慎十郎も篝火から離れ、坂を上っていく。

対峙したのは、色白の優男だった。

「淀屋長十か」

「そうだ」

強そうにみえぬが、目つきだけは鋭い。

「おぬし、何者だ」

と、怯えもせずに問うてくる。

「ただの小悪党さ」

慎十郎はこたえ、一歩踏みだす。

「箱の中味を確かめさせてもらうぞ」

淀屋は一歩退がった。

「息子を帰してくれ。そっちがさきだ」

「ほほう、朔太郎はあんたの息子なのか」

「養子にして見世を継がせる。承知のうえで拐かしたのであろうが」

「まあ、そうだな」

「早く連れてこい」

慎十郎は強い口調で促され、後ろの伊平次に合図を送る。

友之進はその場に残り、伊平次だけが幼子を連れてきた。

「ふふ、迎えにきたぞ」

淀屋が両手をひろげても、朔太郎は動こうとしない。

嬉しいどころか、迷惑そうな顔をしている。

「ちっ、可愛げのねえ餓鬼だ」

おもわず本音を漏らし、淀屋は五百両箱を足許に置いた。

慎十郎は身を寄せて屈み、蓋を開けてみる。

きらりと、小判が光った。

「よし、帰してやろう」

朔太郎を渡してやると、淀屋は早足に遠ざかった。

それと入れ替わりに、人相の悪い連中が道端から飛びだしてくる。

淀屋が叫んだ。

「早いとこ、あいつらを殺っちまってくれ」

「おう」

破落戸もいれば、浪人風体の二本差しもいる。

総勢で二十人は下るまい。

友之進は刀を抜き、伊平次は匕首を抜いた。

慎十郎だけは抜かず、頭から突っこんでいく。

「ふわああ」

怒声に威嚇され、正面の何人かが腰を抜かした。

――ばきっ、ぼこっ。

ひとり目の顔に拳を叩きつけ、鼻の骨を潰してやる。

ふたり目は足蹴りで頬骨を砕き、三人目は肩に持ちあげて投げた。

一方、友之進は刀を峰に返すや、やにわに三人を昏倒《こんとう》させる。

伊平次だけは容赦しない。懸かってくる相手は匕首の餌食にされ、血《ち》飛沫《しぶき》をあげて斃れていった。

だが、肝心の権之丞はあらわれない。

慎九郎のすがたもなかった。

破落戸や用心棒は数を減らしていったが、次第に焦りも募ってくる。

――ぱん。

突如、乾いた筒音が響いた。

振りかえれば、友之進が片膝をついている。

鉛弾が当たったのだ。

左肩を押さえている。

「浅傷《あさで》だ、案ずるな。それより、あれをみろ」

淀屋長十がいつのまにか、坂下に戻っていた。

手に短筒を握り、背後に大柄な男をしたがえている。

「……ご、権之丞か」

慎十郎は眸子を瞠《みは》った。

月代《さかやき》も髭《ひげ》も剃《そ》っているものの、悪党顔を隠すことはできない。

権之丞は太い両腕に、おようと朔太郎を抱えていた。

淀屋が叫ぶ。

「おまえら、もうよい。ふん、役立たずな連中め」

破落戸や用心棒が、潮が引くように居なくなる。

慎十郎たち三人は、篝火のそばまで追いつめられた。

淀屋は新たに鉛弾を装塡《そうてん》した短筒を構え、呵々《かか》と嗤《わら》う。

「辰吉を殺ったのは、おまえらだな。罠に嵌《は》めたつもりだろうが、おまえらの企てはお見通しだ」

「何だと」

権之丞が後ろから、ずいと身を乗りだしてくる。

「おようの様子が変だったんでな、裏で何か企んでいると踏んだのさ。こいつは口の固え女だが、我が子のことになると人が変わる。朔太郎をちょいと小突いてやったら、ぜんぶ吐いたぜ。へへ、それにしても、あの毬谷慎九郎が江戸へ出てきやがったとはな。飛んで火に入る何とやら、神仏に感謝しなくちゃならねえ」

「それはこっちの台詞だ」

「ふふ、おめえが弟の慎十郎か。噂にゃ聞いていたぜ。でけえだけが取り柄の命知らずだってな。兄貴は何処だ。怖《お》じ気《け》づいて逃げちまったんじゃあるめえな」

伊平次が、さっと横に動いた。

——ぱん。

筒音とともに、篝火の炎が散る。

伊平次は足を止め、釘付けにされた。

「これは連発筒だ。一発撃っても、弾はまだ一発残っている」

淀屋は自慢げに胸を張り、正面の慎十郎に狙いを定める。

「ほれ、喋るのだ。兄は何処に隠れておる」

応じねば、鉛弾の餌食になる。

「狙いは外さぬぞ。自慢ではないが、庭の雀《すずめ》も百発百中だからな」

「撃ってみろ。鉛弾を食らっても、おぬしの首を斬ってやる」

「ようう言うた。覚悟せい」

引鉄に懸かった指に力がはいる。

刹那、地中で何かが爆《は》ぜた。

——ずん。

淀屋の足許だ。

土煙とともに、人影が跳ねた。

「ふん」

白刃一閃《いっせん》、短筒を握った右手が断たれる。

肘《ひじ》のあたりから、ぼそっと落ちた。

さらに、胴を一閃される。

「……ぎ、ぎゃああ」

淀屋の悲鳴を背にしつつ、人影は権之丞に襲いかかる。

ばっと、脇腹を斬った。

朔太郎が腕から逃れ、地べたに転がる。

権之丞は傷を負いつつも、咄嗟の判断で後方へ跳んだ。

言うまでもなく、人影の正体は慎九郎にほかならない。

一気に勝負を決めるべく、地中に穴を掘って潜んでいたのだ。

「失敗《しくじ》ったな。ふふ、半年前の恨み、今こそ晴らしてくれようぞ」

極悪非道な悪党は、不敵な笑みを浮かべて言った。

十二

荒戸権之丞の左手は、逃げ遅れたおようの髪を摑んでいる。

「さすが、毬谷慎九郎。誰も考えつかぬことをやる。されど、運はわしに味方しておるようだ。ふふ、おようはおぬしに惚れておった。わしが強引に操を奪ったのじゃ。そこは盗人の娘、心に悪の芽を潜ませておる。しゃぶればしゃぶるほど、わし好みのおなごになりおった。しかも、男の子まで産んでくれた。わしが盗んだお宝を継ぐ者じゃ」

慎九郎は納刀し、静かに発してみせる。

「およどのを放せ。尋常に勝負しろ」

「望むところだと言いたいが、わしは命が惜しい。おようを盾にしてこの場を脱し、生きのびてやろうと決めた」

「淀屋が死んだ今となっては、逃げこむさきもあるまい」

「ふふ、それがあるのよ。金さえ積めば匿ってくれるところがな。淀屋は重宝な悪党だったが、欲を掻きすぎた。ちょうど、切れどきだったのさ」

淀屋長十の屍骸が死臭を放つ桐畑には、対峙するふたりのほかにおようと朔太郎と、慎十郎たち三人しかいない。朔太郎は伊平次に助けられたが、転んだ衝撃で気を失っていた。

「兄上」

慎十郎は我慢できず、兄の後ろに駆けよった。

「来るな」

と制され、仕方なく踏みとどまる。

「四対一だが、こっちに分がある。おぬしがおように恋情を残しておるかぎりはな」

権之丞の言うとおり、慎九郎は身動きひとつできない。

「さらばじゃ」

悪党が後退《あとずさ》りしかけるや、おようが弾けるように笑った。

「おまえさん、ここから逃げることなんざできないよ」

「何だと」

「盗人の娘を甘くみないほうがいい」

およう は気丈に言いはなち、闇鴉の腕のなかで眠る朔太郎をちらりとみた。

「強く生きるんだよ」

言ったそばから、舌を嚙む。

――むぎゅっ。

嫌な音がして、口から赤い糸のような血が流れてきた。

「……こ、このあま、何さらす」

おようは朦朧《もうろう》となりながらも、目元に笑みを浮かべた。

「こやつめ、こやつめ」

権之丞は物狂いしたかのように、脇差でおようの胸を刺そうとする。

「やめろ」

慎九郎は我を忘れ、まともに飛びかかった。

「すりゃ……っ」

権之丞が待っていたかのごとく、垂直に跳ねる。

中空で猛然と回転し、脇差で慎九郎の胸を裂いた。

猿廻か。

「兄上」

慎十郎が駆けだす。

「とどめじゃ」

右甲段の構えから、袈裟斬りがきた。

手負いの慎九郎は受けられない。

慎十郎が頭から飛びこみ、眼前で白刃を受けた。

――がつっ。

火花が散り、眉を焼いた。

凄《すさ》まじい力で押しもどすや、権之丞が後方へ跳躍する。

「小僧め、邪魔だていたすな」

悪党を目で制し、慎十郎は叫んだ。

「兄上、お気を確かに」

「……あ、浅傷じゃ。生きておる……」

ほっと、胸を撫でおろす。

「……されど、まともに闘えぬ。おぬしが殺れ」

「えっ」

「柳に雪、円明流の奥義をみせてやるのだ」

「はっ」

円明流には「転変打ちおとされる位」と称する奥義がある。本来は一子相伝なので、きちんと父に教わったのは長兄の慎八郎だけだ。次兄の慎九郎は長兄から技を盗み、みずから磨きをかけた。さらに、慎十郎はその技を次兄に教わり、自分なりに修練を積みかさねた。とは言うものの、真剣を手にした相手に命懸けで使ったことはない。

「因縁を断ってくれようぞ」

権之丞は怒りと興奮のせいで、顔を真紅に染めている。

逃げる気など、疾うに失《う》せてしまったようだ。

「まいる」

左右にからだを揺らし、素早く間合いに入ってくる。

「ぬりゃ……っ」

斜太刀で斬りつけてきた。

同じ斜太刀で受けた途端、回し蹴りが飛んでくる。

「ぬごっ」

顎をまともに蹴られ、頭が真っ白になった。

ふらつく身をどうにか制し、慎十郎は頭を横に振る。

「上等だ」

荒ぶる気持ちに火が点《つ》いた。

勝ちたい。

どうあっても、権之丞に勝ちたい。

慎十郎は眸子を瞑った。

奥義を繰りだすには、丹田に気を集めねばならぬ。

巌の身となって、相手の攻めを見切らねばならぬ。

一寸の見切りだ。

かつて、次兄は弟を木に縛りつけ、眼前で何度となく本身を抜いてみせた。

「目を瞑るな。一寸先の剣先をみよ」

鼻が無くなる夢を何度みたことか。

慎十郎は背筋を伸ばし、立禅のごとく立った。

「ん」

権之丞は右甲段に構えつつ、不審そうな顔をする。

慎十郎は片持ちの青眼に構え、左手で脇差を抜いた。

右手には宝刀吉光を持ち、左手には脇差を持っている。

なるほど、円明流は二刀流を旨としており、重い刀を片手で自在に振りまわす力量がなければならない。
慎十郎は二刀の切っ先を下ろした無構えで立ち、権之丞を半眼でみつめる。
一見すると気の抜けたような構えだが、瞬時に爆ぜる気を宿しているのはわかった。
「小癪《こしゃく》な。わしを斬ろうなどと、十年早いわ」
煽られても、微動だにしない。
すでに心は空、身は巌と化している。
——巌の身。
と胸に念じつつ、その瞬間を待った。
「これで仕舞いじゃ。地獄へ堕ちよ」
怒声とともに、権之丞が跳躍する。
二間余りも跳び、中空で独楽のように回転した。
「ぬおっ」
刃風が唸り、必殺の袈裟斬りがくる。
巌をも砕く「獅奮《しふん》」の一刀だ。
が、慎十郎には太刀筋がはっきりとみえた。
煌めく光芒となって、剣先が鼻面に迫ってくる。

「ふん」

左手の脇差で受けた。

──がっ。

受けたとみせかけ、脇差を捨てる。

絶妙の間だ。

相手が前のめりになった。

ばっと、胸を裂かれる。

痛みが走ると同時に、宝刀を片手持ちで薙ぎあげた。

──ばすっ。

白刃が喉首に食いこむ。

「ひぇっ」

権之丞の首が飛び、旋風に巻きあげられた。

首を失った胴は佇んだまま、黒い血を噴きあげている。

「……や、やった」

浅傷を負った友之進が、後ろでつぶやいた。

伊平次は朔太郎を抱いたまま、身を固めている。

兄の慎九郎は這いつくばり、おようのもとへ身を寄せた。
屍骸を抱き、髪を優しく撫でながら、念仏を唱える。
慎十郎は虚しかった。
強敵に勝った喜びはない。
悪党を葬った感慨もない。
兄の無念をおもうと、居たたまれなくなった。
桐畑は風にざわめき、死者たちが泣いているかのようだ。
慎十郎は兄のもとまで足を忍ばせ、肩にそっと手を置いた。

十三

慎九郎の負った傷は幸いにも致命傷とならず、三日ののちには癒えていた。
治療のあいだは丹波道場に身を寄せ、一徹や咲の世話になった。
もうひとり、世話になった者がいる。
おようの忘れ形見となった朔太郎だ。
行き場を失った幼子は慎九郎が引きとり、祖父の待つ肥後の人吉へ連れていくことになった。

「長い旅路が修行になる」

無事にたどりつけるかどうかもわからぬ道程だが、朔太郎が生きのびる唯一の道にちがいない。

一方、脇坂安董は龍野藩の藩主として、慎九郎の活躍をことのほか喜んだ。

褒美を下賜する旨の伝達に藩邸から使者が訪れたものの、慎九郎は「恐れ多い」と断った。

「脇坂家伝来の宝刀を貰えるかもしれませぬぞ」

兄は慎十郎にからかわれ、朗らかに笑いながら「おぬしが貰っておけ」と言った。

「権之丞を葬ったのは、おぬしなのだからな」

持ちあげるとみせかけ、「あれは幸運のたまものにすぎぬ」と皮肉る。

かたわらで様子を窺っていた一徹は「上げたり下げたり、大森名物の飛凧《とんびだこ》じゃな」と大笑した。

和気藹々《わきあいあい》と過ごしたときは短く、やがて、旅立ちの朝となった。

慎十郎は別れがたく、一徹や咲も誘って高輪の縄手を漫《そぞ》ろに歩いた。

品川宿で兄と朔太郎を送りだすはずが、梅の香に誘われて横道に逸《そ》れる。

蒲田《かまた》には道中薬の和中散《わちゆうさん》を商う山本屋の梅林があった。いまだ満開にはいたらぬものの、さすがに亀戸《かめいど》と並ぶ名所だけあって存分に梅を堪能できた。

一行は品川宿で一泊し、六郷川の手前にたどりついた。

一徹が「お大師さまへ詣りにいこう」と切りだしたので、さっそく小舟に乗って六郷川を渡り、川崎大師《かわさきだいし》へと向かった。

信心に勝るものは食い気、大師門前の『万年屋《まんねんや》』で名物の奈良《なら》茶飯を堪能《たんのう》した。茶の煎《せん》じ汁で炊いた飯に、豆腐汁や煮染豆が付いている。

大師の縁日である二十一日は過ぎても、参道はかなりの混みようで、一匹の馬に厄年となる十九の娘を三人乗せた「三宝荒神《さんぽうこうじん》」なる珍奇な光景にも出会った。

見送りを口実に一泊二日の遊山を楽しんだが、いくら何でも神奈川宿までが限度だった。何せ、一里九町さきの保土ヶ谷宿を過ぎれば急勾配の権太坂《ごんたざか》、坂《さが》の向こうは相模国《みのくに》である。

「何やら、父親のようですね」

慎十郎が囁《ささや》きかけると、兄の慎九郎はまんざらでもなさそうに微笑んだ。

朔太郎はすっかり慣れ親しみ、道中を楽しみにしている様子すら窺える。

兄にぴったり身を寄せる幼子の首には、遺骨箱を包んだ白い布がぶらさがっていた。

「三宝荒神、亡くなった母もともに故郷へ向かわれるのですね」

「ああ、そうだな」

兄は淋しげにこぼし、朔太郎の頭を撫でる。

「ところで、おぬしはどうする。いつまで江戸におる気だ」

北辰一刀流の千葉周作、神道無念流の斎藤弥九郎、そして直心影流の男谷精一郎。当代きっての三剣士を倒すために、遥々、江戸へやってきた。

「かならずや宿願を成し遂げ、故郷に錦《にしき》を飾りたいと、かようにおもうております」

「その心懸けや、あっぱれ」

一笑に付されるとおもったので、意外な褒めことばだった。

「ふふ、真に受けたのか。わしはな、先日、千葉周作に逢うてきたぞ」

「げっ、まことですか」

「まことじゃ。一戦挑んでまいった」

「……そ、それで、どうなったのでござります」

垂涎《すいぜん》の面持ちでみつめる弟から目を逸らし、慎九郎は咲のほうに目をやった。

「ええ、存じておりますよ。わたくしが仲立ちさせていただいたのですからね」

平然と告げる咲に、慎十郎は物言いを付ける。

「まことか。咲どの、どうしてそれをお教えくださらぬ。千葉先生と一戦交えるのは、兄よりもわしのほうがさきであろう」

咲は口を尖らせ、ぷいと横を向いた。

「慎十郎さまとは、剣のおはなしをせぬことに決めております」

「そんな殺生な。茶屋遊びの一件を、まだ怒っておいでなのか」

「仲直りの条件がひとつございます」

「えっ、何でござろうかな」

「稲妻小僧の頭目に使った円明流の奥義、指南していただければ、水に流して進ぜましょう」

「それならば、喜んでお教えいたす」

ふたりの楽しげな掛けあいに目を細めつつ、慎九郎は千葉周作のことばをおもいだしていた。

希代の剣豪は「井の中の蛙が化けるかもしれぬ」と、慎十郎を評したのだ。

島田虎之助や男谷精一郎との一戦を間近でみたうえでの実感という。

日の本一の剣豪になって帰ってこいと、慎九郎は胸の裡《うち》につぶやいた。

それが父の勘気を解き、父を喜ばす唯一の方法なのだと、わかっているのだ。

いつも兄弟の念頭にあるのは、巌のごとき父の雄姿だった。分厚い強固な壁として三兄弟の面前に超然と聳《そび》えていたはずであったが、数年前から肺腑を病み、見る影もなく老いさらばえてしまった。

世間には公表せず、なかば隠遁《いんとん》生活を送っている。

そうしたみじめな父をみたくないがために、慎十郎は故郷の城下で大酒を食らっては莫迦なまねをした。挙げ句の果てに父の勘気を蒙《こうむ》り、勘当を申しわたされたが、おかげで龍野から飛びだす機会も得た。

悔いはあるまい。それでよかったのだと、慎九郎もおもう。

かつての父のような強い相手を求め、慎十郎は綺羅《きら》星のごとく剣豪の集う江戸へやってきたのだ。

ついに、宿場の外れまで来てしまった。

眼差しのさきには、枳殻《からたち》の垣根に囲まれた仕舞屋《しもたや》がある。

「兄上、あれを」

「ん、枳殻か」

父を残してきた龍野の道場も、枳殻の垣根に囲まれていた。

枳殻は弥生のなかばを過ぎると、純白の花を一斉に咲かせる。

枝は鋭い棘《とげ》を持つが、晩秋には芳香を湛え、まんまるの実を結む。

「おぼえておるか。棘を失ってはならぬと、父は枳殻を愛《め》でながらよく仰った」

「おぼえておりますとも」

「丸くなるなよ、慎十郎。何処までも世の荒波に抗っていけ」

「はい」

ほんとうは、権太坂のさきまで従いていきたかった。

だが、慎十郎は宿場の棒鼻で兄を見送った。

朔太郎は何度も振りむき、淋しげな顔をみせたが、慎九郎は一度たりとも振りかえらなかった。

別れは辛《つら》い。

しかし、人生には常に別れがつきまとう。

煌めく陽光が眩《まぶ》しすぎた。

——世の荒波に抗っていけ。

兄に告げられた教訓を、慎十郎は胸につぶやいた。


（了）

解説

末國善己

〈あっぱれ毬谷慎十郎〉シリーズ、ついに新章のスタートである。

播州龍野藩から「日本一の剣士になる」という大望を抱き、江戸に出てきた毬谷慎十郎は、二〇一〇年一二月に角川文庫から刊行された『あっぱれ毬谷慎十郎』に初登場した。慎十郎の活躍は、誰も手出しできない大奥に潜む悪に立ち向かう第二弾『命に代えても』、仙台藩が行っているらしい抜荷をめぐる陰謀にかかわっていく第三弾『獅子身中の虫』と書き継がれていった。

それから五年。シリーズはハルキ文庫へ移籍し、既刊三巻が刊行済みである。そして第四弾となる本書『風雲来たる』からは、書き下ろしの新作となるのだ。

著者は、再開にあたりシリーズをブラッシュアップ。これまでの三巻が、一冊ごとに物語がまとまる長編だったのに対し、本書は短編三話を集めた連作形式になっている。つまり慎十郎と強敵との息詰まる対決が、三回も楽しめるのである。リーダビリティもあがっていて、特に短いセンテンスを積み重ねるようにして紡がれる剣戟《けんげき》シーンは、迫力とスピード感が増している。本書は、作家として円熟味を増した著者が、その持ち味を遺憾なく発揮しているので、ぜひ既刊三巻と読み比べて欲しい。

主人公の慎十郎は、徳川十一代将軍家斉が、名刀「藤四郎吉光」を下賜し、将軍家指南役に取り立てるとまでいった円明流の達人・慎兵衛の三人の息子の末子として生まれた。父から剣を学んだ三兄弟は藩内屈指の剣客になり、その中でも慎十郎の素質は図抜けていたが、性格は型破り。さらなる高みを目指す慎十郎は、あらゆる流派の必殺技を破る返し技のみを教える邪道の剣・雖井蛙《せいあ》流を習得。莫迦騒ぎをして謹慎中の身でありながら畿内一円の道場を荒らしたため、父から勘当されてしまう。家を飛び出した慎十郎は、盗み出した「藤四郎吉光」を手に、江戸へ向かうのである。

剣豪小説の歴史を振り返ってみると、力まかせの野蛮な剣を振るっていた宮本武蔵が、沢庵和尚に諭され、剣を通して精神を高める修行の旅に出る吉川英治『宮本武蔵』、藩の政争に巻き込まれた父が切腹し、家禄《かろく》を減らされた牧文四郎が、逆境に負けず剣を学びながら成長する藤沢周平『蟬しぐれ』など、青春小説のエッセンスを取り入れた名作がある。慎十郎が強敵と剣を交えることで、人として大切なことを学ぶ〈あっぱれ毬谷慎十郎〉シリーズも、間違いなく青春剣豪小説の系譜に属している。

このように考えると、吉川が描いた武蔵と慎十郎には共通点が多いことに気付く。まず故郷を捨てた主人公が、広い世界には自分より強い男がいるという現実を突き付けられ、心新たに修行に励むこと。慎十郎が龍野藩を離れるのが二十歳、武蔵は「青春、二十一、遅くはない」と決意して廻国《かいこく》修行に出るので、ほぼ同年代でもある。

武蔵の出身地には諸説あるが、吉川は美作《みまさか》説を採った。実は、慎十郎が生まれ育った播州も、武蔵の有力な生地候補の一つなのだ。慎十郎の父が、武蔵が開いた円明流の使い手であるという設定も、武蔵を意識しているように思える。

吉川『宮本武蔵』は、現在もロングセラーを続けている。ただ人生のすべてを剣に捧《ささ》げ、恋人お通と手も握らないプラトニックな愛を貫く武蔵の求道《ぐどう》的な生きざまに、共感できる現代人は決して多くないだろう。

ストイックな武蔵に対し、豪放磊落《らいらく》で束縛を嫌い、何もしないで後悔するよりも、挑戦してから後悔する熱血タイプの慎十郎は、とにかく明るくおおらか。神道無念流の斎藤弥九郎、北辰一刀流の千葉周作、直心影流の男谷精一郎と手合わせをするため江戸へ出てきた慎十郎は、その小手調べとばかりに江戸で道場破りを続け、ついに弥九郎の道場・練兵館の門を敲《たた》く。そこで慎十郎は、美貌の女剣客・丹波咲と立ち合うも、あっさりと負けてしまった。咲の祖父が、千葉周作の兄弟子で丹石流の達人と知った慎十郎は、すぐに弟子入りを請うほど柔軟な思考の持ち主で、常に前向きなのだ。

慎十郎には、龍野藩の家老を務める赤松豪右衛門の孫娘・静乃が山賊に襲われたところを救った過去がある。それから静乃は、秘《ひそ》かに慎十郎に心を寄せるようになっていた。当初は慎十郎を嫌っていた咲も、剣にだけは愚直に打ち込む姿を見て、憎からず想《おも》うようになる。これに静乃に憧れている龍野藩士で、慎十郎とは同門で幼馴染《おさななじ》みの石動友之進もからみ、複雑な恋の行方も物語を牽引《けんいん》する鍵になっているのである。

慎十郎は優れた才能を持っているが、勉強や仕事にあたる剣にも、プライベートな恋にも迷いがある悩める若者に過ぎない。しかも、慎十郎が生きているのは、武士に求められる能力が、武術ではなく、官僚的な実務能力になり、どれだけ剣の腕を磨いても、立身出世に繋《つな》がらなくなっていた江戸後期である。この時代は、長く続いた幕藩体制が閉塞感を生み、農村の疲弊、格差の拡大などの問題も浮き彫りになり、社会を大胆に変えて欲しいという世直しの機運も高まっていた。慎十郎は、剣で「日本一」になった先に何があるのか分からないまま、修行を続けている。これは、成果主義が導入され、努力をして一流大学、一流企業に入っても競争に負ければ転落する可能性があり、将来が安泰とは限らなくなった不安な時代を生きる現代人と重なる。

慎十郎が自由奔放に生きているように見えるからこそ、時折かいま見せる等身大の葛藤には、思わずシンパシーを抱いてしまう読者も多いのではないだろうか。

そんな迷える慎十郎は、雖井蛙流の達人である。〝井の中の蛙、大海を知らず〟から採られた冗談のような流派名や、様々な流派の極意に対する返し技だけを教えるという内容は、フィクションに思えるかもしれないが、雖井蛙流は江戸時代の鳥取藩で生まれ、現在まで伝わる剣の流派で、その事績も史実通りなのだ。というより、〈あっぱれ毬谷慎十郎〉シリーズに出てくる流派は、すべて実在していて、必殺技や極意も伝書に基づいて描かれている。江戸時代に実際に行われていたかもしれない剣の戦いを、徹底したディテールで、リアルに再現したところもシリーズの魅力なのである。

巻頭の「一偈の剣」は、池波正太郎『剣客商売』の秋山父子が使うことで有名な無外流との対決が描かれる。播州にある十の藩は、毎年、藩を代表する達人を戦わせる対抗戦を開いてきた。前年は、友之進が龍野藩の代表になったが、決勝戦で無外流の姫路藩士・尾形左門に敗れた。藩主の脇坂安董は、友之進では再び左門に負けると判断し、浪人の慎十郎を藩の代表にすべく招聘《しようへい》する。

二連覇を狙う左門は、浪人で生活に困窮している香月栄を雇い、ライバルを傷つけ出場できなくしていた。この展開は、徳川三代将軍家光が開催した寛永の御前試合の勝者が、何者かに襲撃される事件が発端になる柴田錬三郎『赤い影法師』へのオマージュではないだろうか。やがて慎十郎は、汚れ仕事に手を染めながら、武士としての矜持《きようじ》は失っていない香月に魅《ひ》かれていく。浪人を見下す左門やその父帯刀が傲慢なだけに、やはり浪人の慎十郎が、香月から託された想いを胸に、無外流の極意「一傷の剣」を身に付けて帯刀との対決に臨むクライマックスには、深い感動がある。

文字が読み書きできない人が多かった江戸時代には、石で想いを伝える石文があった。例えば、好きな相手に石と松の葉を送ると〝小石の松〟、つまり〝恋し待つ〟の意味になる。こうした恋心を伝える石文は、特に「小石文」と呼ばれていたようだ。ロマンチックなタイトルからも分かるように、第二話は、静乃の侍女が、慎十郎に小石文を届けたことで、慎十郎、静乃、咲、友之進が織り成す恋愛問題が再燃することになる。

といっても、慎十郎が巻き込まれる事件は甘くないどころか、目を背けたくなるほど残酷で、ビターだ。今回の敵は、慎十郎が乗り越えるべき当面の目標である男谷精一郎と同じ直心影流を使い、慎十郎では歯が立たない男谷から試合で二本目を取った池谷弾正。男谷によると、弾正は教えてもいないのに、直心影流の秘伝「面影」を使うほど才能があるという。剣の達人が高い倫理観を持っているとは限らないようで、刀剣の蒐《しゅう》集家《しゅうか》で、特に古備前に目がない弾正は、生きた人間で様斬《ためしぎ》りをする悪逆非道な男。そのため、慎十郎の怒りは大きく、弾正との決闘も壮絶なものになっている。

最終話「風雲来たる」は、磔《はりつけ》になるところを、市中引まわしの途中で逃亡した盗賊の頭にして、タイ捨流の達人・荒戸権之丞との戦いが描かれる。タイ捨流の免状を持つ者は、剣だけでなく、格闘術も得意で、権之丞は二間（約三・六メートル）余りも跳躍でき、中空で独楽《こま》のように回転する「猿廻」なる技を身につけているとされる。

慎十郎が、アクロバティックな「猿廻」をどのようにして破るのかと並行して、権之丞を捕まえた張本人で、廻国修行の途中に江戸へ立ち寄った毬谷家の二男・慎九郎と、この兄に憧れている慎十郎との関係も見逃せないものとなっている。

本書に収録された三作は、独立した物語だが、先行きが見通せない暗い時代にあって、時代に抗《あらが》ってでも信念を曲げず、真っ当に生きようとする人間と、流れに逆らわず堕落していく人間の差はどこにあるのかを問うテーマが、共通している。昨今は、真面目にあくせくするよりも、小狡《こずる》く立ちまわった方が得をするという風潮が広がっているように思えるだけに、著者の問い掛けは重く心に響いてくる。

さて、慎十郎は、念願の男谷と立ち合い教えを受け、ラストには兄の慎九郎からも、今後を左右する助言をもらうなどして、また一歩、剣への理解を深めた。これから慎十郎が、どのような剣豪と交わり、どんな流派と戦いながら成長していくのか、目が離せないシリーズになりそうだ。

（すえくに・よしみ／文芸評論家）

時代小説文庫
さ 20-4

風《ふう》雲《うん》来《き》たる　あっぱれ毬《まり》谷《や》慎十郎《しんじゅうろう》㊃

著者　坂《さか》岡《おか》 真《しん》

2016年4月18日第一刷発行

発行者　角川春樹

発行所　株式会社 角川春樹事務所
〒102-0074 東京都千代田区九段南2-1-30 イタリア文化会館

電話　03(3263)5247［編集］　03(3263)5881［営業］

印刷・製本　中央精版印刷株式会社

フォーマット・デザイン＆シンボルマーク　芦澤泰偉

ISBN978-4-7584-3994-7 C0193
http://www.kadokawaharuki.co.jp/［営業］
fanmail@kadokawaharuki.co.jp［編集］　ご意見・ご感想をお寄せください。